【推しの子】

-The Final Act-

映画ノベライズ　みらい文庫版

赤坂アカ×横槍メンゴ・原作
はのまきみ・著
北川亜矢子・脚本

集英社みらい文庫

【目次】

★この作品はフィクションです。実在の人物・団体・事件などには、いっさい関係ありません。

CHARACTER

人物紹介

【星野アイ】
HOSHINO AI

アイドルグループB小町の絶対的センターとして活躍。
人気の絶頂で"最悪"の事件が起こり、命を落とし…!?

ふたご

【星野愛久愛海】
HOSHINO AQUAMARINE

通称・アクア。
アイの事件の復讐のため、
映画『15年の嘘』を企画して!?

【星野瑠美衣】
HOSHINO RUBY

通称・ルビー。
かな、MEMちょと
ともに新生『B小町』を結成。

転生

【ゴロー】
GORO

地方都市で
産科医として勤務。
元々のアイ推しだが、
アイを守るため、
とある事件に
まきこまれて……。

転生

【さりな】
SARINA

ゴローが
勤務していた病院の
入院患者。
難病により12歳で他界。

【カミキヒカル】
KAMIKI HIKARU

アクアとルビーの父親で、アイの事件の黒幕…!?

【有馬かな】
ARIMA KANA

新生『B小町』のメンバーにして
センター。

【MEMちょ】
MEMCYO

インフルエンサー兼
新生『B小町』メンバー。

【黒川あかね】
KUROKAWA AKANE

劇団ララライ所属の天才女優。
独自にアイの事件の真相を
追っていて…!?

【斉藤壱護】
SAITO ICHIGO

苺プロダクションの元社長で
ミヤコの夫。
アイの死後、失踪し…!?

【斉藤ミヤコ】
SAITO MIYAKO

アクアとルビーが所属する
苺プロダクションの社長。

【五反田泰志】
GOTANDA TAISHI

映画『15年の嘘』の監督。
アイから、ふたごへのDVDを
託されていて…!?

【鏑木勝也】
KABURAGI MASAYA

映画『15年の嘘』の
プロデューサー。アイとカミキが
出会うきっかけをつくった…!?

OSHI NO KO

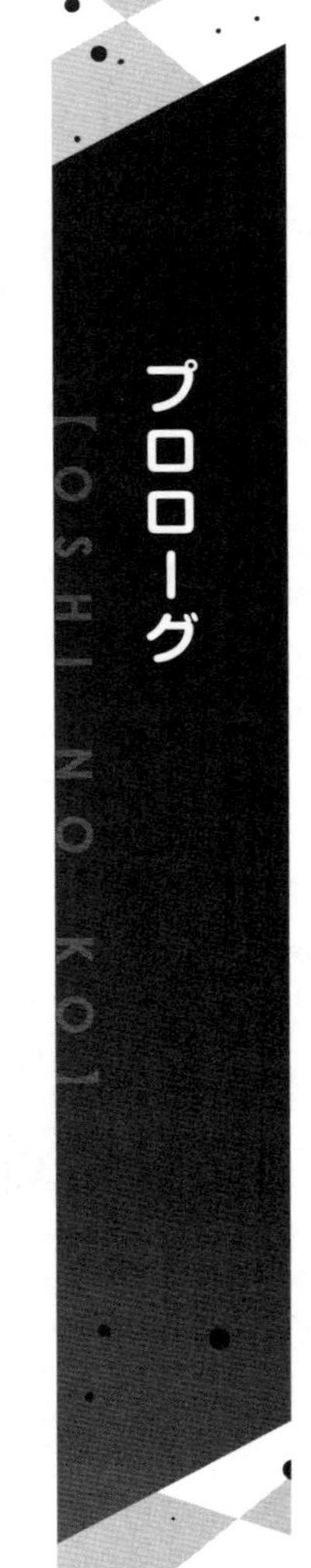

プロローグ

この物語は、フィクションである。
というか、この世のたいていのことは、フィクションである。
捏造して、誇張して、都合の悪い部分はきれいに隠す。
おなじ嘘なら、とびきり上手な嘘がいい。
それが、アイドルファンというものだ。
この世界において、嘘は武器。

たとえばここにも、嘘を武器にしたひとりの女の子がいる。

それは、アイドルグループB小町の絶対的エース、唯一無二の不動のセンター・アイ！
うるつやの黒髪ロング。

すらりと長い手足。

はじけるような笑顔。

その瞳にやどるのは、キラキラ輝くまばゆい星。

メンバーカラーの赤い衣装を着てステージに立てば、みんなアイから目が離せなくなる。

アイが歌って踊れば、キミも赤いペンライトを振りたくなる。

誰もがアイを推したくなる。


アイは完璧で究極のアイドル。

とびきり嘘が上手な、まさに完全無敵のアイドルだ！

始まりの地

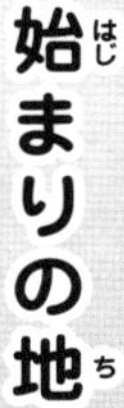

宮崎県・高千穂町。

自然豊かで、古代の神話が残る神秘的な場所だ。

切り立った岸壁にかこまれた渓谷「高千穂峡」や、はるかに望む「祖母山」。

アマテラスオオミカミが天岩戸に隠れてしまった時に、神々が集まったという洞窟。

雨宮ゴローが研修医をしている宮崎県総合病院は、そんな土地にあった。


さわやかな風の吹く初夏。

病院のスタッフルームでは、朝の申し送りが行われていた。

看護師と医師たちが連絡事項を報告しあっている中、研修医のゴローは真面目な顔をしてメモを取っている。

スクエアフレームの眼鏡に、少し癖のある黒い髪。まだ下っ端の研修医だけれど、最近は白衣もすっかり様になってきた。

「では、今日も一日よろしくお願いします」

医長がそう締めると、ゴローはみんなと一緒に「よろしくお願いします」と一礼した。

その後、先輩医師と一緒にスタッフルームを出て、ろうかですれちがう患者たちと親しげに挨拶をかわす。

「こんにちは」

先輩医師は、患者の家族にも「お大事にね」と声をかけてベテランらしく気を配っている。ゴローは、自分も見習わなくちゃな、と思いながら二〇一号室に向かった。

「おはよう、さりなちゃん」

病室をのぞくと、淡いピンク色のパジャマを着てベッドに体を横たえた少女が、体温計を看護師に渡しているところだった。

彼女の名前は、天童寺さりな。

ロングヘアのよく似合う、十二歳の少女だ。花が咲いたような明るい笑顔を見せる子だったけれど、今は病気のせいでちょっとやつれている。

「ゴローせんせ、おはよう！」

看護師は「バイタル安定してます」とさりなの体調を報告し、病室から出ていく。それと入れかわりに、ゴローは中へ入っていった。

ベッドのわきの机にはペン立てがあり、教科書やノートが並んでいる。体調のいい時にはここで勉強をしているのだろう。

「調子はどうだ」

「うん！　相変わらず絶不調！」

「元気そうで何よりだ」

「あ、せんせが来るの、待ってたんだー」

さりなは嬉しそうに微笑むと、ベッドのわきに置いてあった紙袋をごそごそと取り、「どーん！」

と効果音つきでひざ上に載せた。

ずいぶん大きな袋だ。しかも、筒状にまるめた紙が二本、とびだしている。

「なんだこれ」

「これポスターなんだけどね、あそこの壁に貼ってほしいの！」

さりなは、ベッドの正面の壁を指さしてから、くるくるとポスターを広げた。

写っているのは、どうやらアイドルらしい。

さりなとおなじようなロングヘアで、キラキラと瞳を輝かせた美少女。フリルやリボンをたっぷりと使った赤い衣装が、少女のかわいさをいっそう引き立てている。

「……誰？」

「B小町のアイだよ！」

さりなは紙袋の中から、アイの写真が貼ってある応援うちわや、リボンのついたペンライトを取りだして、ベッドテーブルに並べはじめた。

「この前話した、私の最推し！　東京の家にあるヤツ、全部送ってもらったんだ。もうあの家には戻れないだろうから」

「そんなこと言うもんじゃない。早く治して、とっとと退院してくれ」

ゴローが一枚目のポスターを貼っていると、ふいにさりなが呼んだ。

「せんせ、せんせ見て！」

振りかえると、さりなが応援うちわを持って、アイドルみたいなポーズをつくっていた。よく見れば、うちわのアイとおなじポーズだ。

「えへへ」

さりなは楽しそうに笑ってベッドからおり、貼り終わったポスターをうっとりと眺める。

「かわいい……」

そして、夢見るように語りだした。

「アイってね、超絶かわいいうえに、歌もダンスも超――うまいの！　私、来世では絶対アイみたいに生まれ変わるんだ！」

「何が〝生まれ変わり〟だ。バカなことを」

ゴローは、重い病気を持つさりなに、そんな不吉なことを言ってほしくなかった。

「夢がないな〜、せんせは！」

「生まれ変わる必要なんてない。キミは今でも十分かわいい」

「ほんとに!?」

さりなの表情がぱっと輝く。ゴローは二枚目のポスターを手に取り、言った。

「退院したらアイドルにでもなればいい。そしたら俺が一生推してやる」

「やったー！　せんせ、だあい好きー！」

さりなは両手を広げたかと思うと、ゴローの背中にふわっと抱きつく。

「勘弁してくれー」

と苦笑いするが、さりなはちっとも悪びれる様子がない。


その後ゴローは、さりなに小さな紙袋を持たされて病室を出た。

ロッカールームに戻り中身を見てみると、DVDが入っている。タイトルは『B小町ワンマンライブ!! 苺狩り大作戦』。さりなが推しているグループのDVDだ。

「アイドルなんて興味ないんだけどな……」

ゴローはそうつぶやき、DVDを紙袋に戻してロッカーにしまった。


それから数か月が過ぎ、季節は秋。

病棟のろうかを歩いていたゴローは、床に何かが落ちていることに気づき、しゃがんで拾いあげた。

小さなアクリルキーホルダーだ。アイの写真の横に「アイ無限恒久永遠推し!!!」と書かれている。

落とし主は、ひとりしか思いうかばない。

ゴローが二〇一号室に行くと、車いすに座るさりなが、看護師と必死に何かをさがしているところだった。看護師はよつんばいになって、ベッドの下をのぞきこんでいる。

さりなは少し前からかわいいニットの帽子をかぶっていた。病気の治療で髪が抜けてしまったからだ。

ニット帽の左側についているのは、うさぎの顔をモチーフにしたアクセサリー。そのうさぎは、アイがいつもつけているヘアアクセサリーとおなじキャラクターだった。

「さがし物はコレか？」

ゴローがキーホルダーをかかげると、さりなは車いすを動かしてやってくる。

「どこにあったの!?」

「そこのろうかに落ちてた」

キーホルダーが無事にさりなの手に渡ると、看護師はほっとした表情で病室を出ていった。

「よかったー……！　ありがとう、せんせ！」

さりなに抱きつかれたゴローは「やめてくれぇ……」と笑い、さりなを引きはがした。

よくこんなふうに抱きついてくるのは、さりなが寂しい思いをしているからだろう。とは言っても、相手は十二歳の少女で、ゴローは大人だ。人に見られて誤解されたら困る。

さりなはそんなこと少しも頭にないようで、無邪気に笑っている。

部屋を見まわすと、今や二〇一号室はアイのグッズでいっぱいだ。

アイのポスターやカレンダー、アクリルスタンドなどがあちこちに飾ってある。

「これ、私が生まれて初めて買ったアイのグッズなの！　その時、この子と約束したんだ。〝アイがいつか東京ドームのステージに立つ時には、必ず一緒に行こうね〟って！」

さりなは「超かわいい〜」と言いながら、キーホルダーを愛おしそうに見つめた。

ゴローはやさしく微笑む。

さりながキーホルダーと一緒にドームに行ける可能性は低いかもしれない。それでも、ゴローは、その希望を応援したいと思った。


冬になった。

窓から見える林の木々は、今はすっかり葉を落としている。

最近のさりなは、ほとんどの時間をベッドの上で眠って過ごしていた。B小町のライブDVDをテレビで流してもらい、そのまま眠りに落ちることもあった。

それなのに、家族は誰ひとり見舞いに来ない。

当直でスタッフルームにいたゴローは、先輩医師と看護師に怒りをぶつけた。

「もうずっとあんな状態なのに、親はなんで顔も出さないんですか！」

先輩医師は表情も変えずパソコンに向かっている。看護師は少し困ったような顔をした。

「ご両親ともお忙しいみたいで……」

「忙しいって……。もう半年も見舞いに来てないじゃないですか!?」

先輩医師が、パソコンの画面から目を離さずに言った。

「そういう親もいる。掃いて捨てるほどにな」

ゴローは言葉につまった。悔しさがこみあげる。先輩医師もきっと思うことはたくさんあるのだろう。彼は言った。

「あの子はおまえによくなついてる。最期はおまえがそばにいてやれ」

そのくらいしか、自分にできることはないのだった。


さりなの容態はどんどん悪くなっていった。

ゴローはさりなのもとを、時間がゆるすかぎり訪れた。ベッドに横たわるさりなは、酸素用の鼻チューブをつけて目を閉じている。肌は青白く、すっかりやせてしまって、目の下にはクマができていた。

「調子はどうだ」

ベッドのわきに腰かける。さりなはゆっくりとまぶたを開いた。

「相変わらず、ぜっふちょー……」

そう言って、一生懸命に笑顔をつくる。

「もう少しで誕生日だな。何かほしいものはあるか？」

「B小町の、東京ドーム公演……」

消え入りそうな声で、さりなが言う。

「その日までの……いのち……」

ゴローはただだまって、さりなの言葉を聞いていた。

「せんせ……」

「ん？」

ふいにさりなが、弱々しく手を差しだす。その手にあったのは、あのキーホルダーだった。

「これ……あげるよ……。私だと思って……大事にしてね……」

ゴローはキーホルダーを受け取り、しっかりと握りしめた。

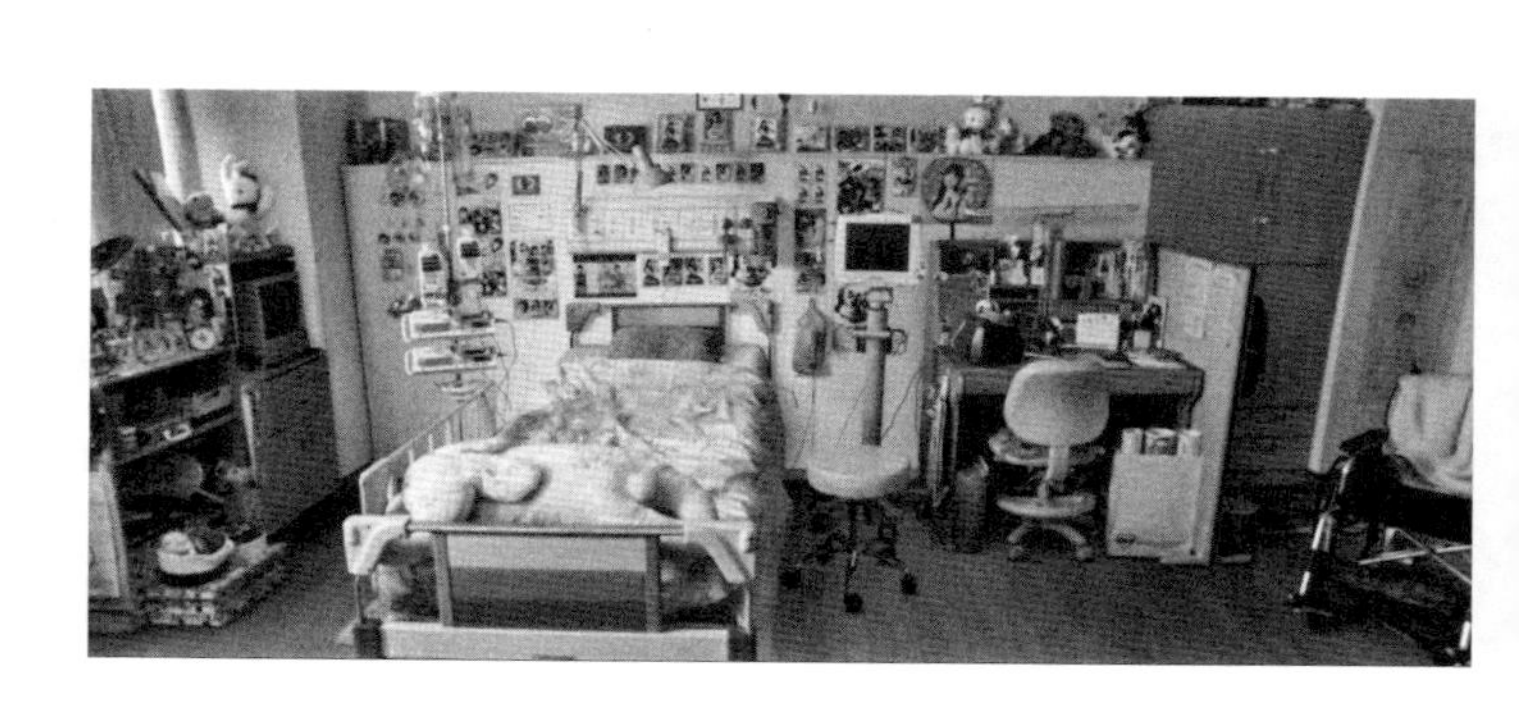

201
つくし

「……わかった。大事にするよ」

さりなは「えへへ」と笑い、ゴローの頬にそっと触れる。

「せんせ……、だあいすき……」

頬に触れていた手がすとんと落ちていき、ゴローは声を殺して泣いた。

涙がとまらなかった。大人になってから、こんなに泣いたのは初めてだった。

ずっと、B小町の曲がさみしく響いていた。

(十三歳の誕生日を迎えることなく、彼女はこの世を去った)

壁やベッドサイドに飾られていたアイのグッズはみんな片づけられ、病室は、さりなが来る前の殺風景な個室に戻った。


そして時はたち——。

(俺はこの病院で、産科医として働いている)

さりながくれたキーホルダーは、首から下げているカードホルダーにはさんであった。

(今は彼女に代わり、全力でアイを推している)

ロッカーを開けると、せまいスペースいっぱいにアイのグッズがひしめいていた。

さりながが病室を飾りつけていたように、ゴローのロッカーも、今や祭壇のようにグッズが並んでいる。

ゴローはB小町のナンバーを口ずさみながらアイのキメポーズの真似をして、ンフフと笑う。視線の先にあるのは、ライブに行った時の記念写真だ。

ところがそんなある日。

「活動休止!?」

診察室にいたゴローは、パソコンの画面を見つめて思わず叫んでしまった。ニュースサイトにこう書いてあったのだ。

「B小町」アイ　体調不良により活動休止

「活動休止って、いったいどういうことだよ……!?」

衝撃のニュースだ。愕然としているゴローに、助産師の川村が真顔で言った。

「活動を、休止する、ってことじゃないですか?」

「そんなことわかってますよ！」

大騒ぎするゴローを尻目に、川村は冷静そのものだ。淡々と診察の準備をしている。

「患者さんの前ではしっかりしてくださいね。次の方、どうぞー」

そうだ、今は仕事中。ゴローは深呼吸をして、気持ちを切り替えた。

診察室に入ってきた患者は、黒いフード付きスウェットを着て、黒いキャップを目深にかぶった女性。顔はよく見えないが、とても若そうだった。

彼女の付き添いをしているのは、コワモテの中年男性だ。黒いジャケットとパンツにサングラス、ひげを生やしている。

ゴローが「どうぞ」と椅子を指し示すと、

「失礼します」

サングラス男はそう言って座り、女性のほうはだまって椅子に腰かけた。

ゴローはカルテを見たまま顔を上げずに質問する。

「今日はどうされました？」

「実はかれこれ三か月以上、生理が来てない状況でして……」

答えたのは患者本人ではなく、サングラス男。ゴローが女性のお腹に目をやると、服の上からでもわかるくらいにふくらんでいる。

「……なるほど。ちょっと失礼」

ゴローは女性のお腹に触れながら、サングラスの男性にたずねた。

「保護者の方ですか？」

「はい。彼女の後見人と言いますか、身元引受人でして、はい」

「そうですか。とりあえず検査してみ――」

と女性の顔を見て、ゴローは息をのんだ。


「!?」

B小町のアイだったのだ！

首をかしげ、いやいやまさかまさか、と自分を疑ってみる……が、やっぱりどう見てもアイ。

呆然とするゴローを見て、アイも目をまるくして首をかしげている。

ゴローは視線をそらし、指で眼鏡を上げたかと思うと、そそくさと立ちあがった。

「準備がありますので、少々お待ちください」

「先生？」

といぶかしむ川村助産師を残し、ゴローは診察室を出る。

そしてドアを閉めた瞬間、転がるように床に倒れこみ、ぐしゃぐしゃと髪をかきむしった。その勢いで、眼鏡もななめにズレてしまうが、そんなの知ったことじゃない。

「嘘だろ……⁉」

ひとしきりもだえ転がった後、ほうけた顔で診察室に戻った。

現実だった。やっぱりそこには、アイと付き添いのサングラス男がいたのだ。

ゴローは、腹をくくり、ショックだだ洩れ状態で仕事を再開した。ボサボサの乱れ髪のまま、診察台に横になったアイのお腹をエコー検査する。

モニターに映っているのは、なんとふたつの影。

「ふたごですね」

ほうけまくった顔でそう言うと、アイがしみじみとつぶやく。

「ふたご……」

サングラス男は、すがるようにしてゴローに問いかけた。

「先生あの、妊娠と見せかけておいてからの、実は便秘とかそういうことはない……」

「ふたごの赤ん坊です」

男が「どうすんだよ――……」と頭を抱える一方、アイ本人は無邪気で元気だ。

「生まれたらにぎやかになるね！」

「産む気か？」

「んー、先生はどう思う？」

憧れの推しが、自分に意見を求めている。なんだこのシチュエーションは？

ゴローは一瞬とまどったが、真剣にしっかりと答えた。

「最終的な決定権はキミ自身にある。〝よく考えて決めるべき〟というのが、医者としての意見だ」

アイは瞳を輝かせて「だって！」とサングラス男に言う。

なんて幸せそうな笑顔なんだろう――。

ゴローは夜風にあたるために、病院の屋上に出た。現実離れしたことが起きすぎて、頭が混乱していた。

（なあ、アイ……）

ベンチに座って夜空を見あげ、心の中で語りかける。

（キミに好きな男がいようが、子どもを産もうが、俺は今と変わらず全力でキミを推しつづける。

でも、キミが子どもを産めば、再び輝かしいステージに立つことは、なくなってしまうのだろう）

アイ個人には幸せになってほしい。元気な子どもを産んでほしい。その一方で、アイドルとしてさらに成功するすがたも見たい。どう考えても、わがまますぎる……。

ゴローは考えこみ、白衣のポケットから手帳を取りだした。中にはさりなとのツーショット写真がはさんである。写真に写るニット帽のさりなは明るく笑っていた。

「ファンなんて、身勝手なもんだよな……」

と、その時だった。

「せーんせ！」

誰かに呼ばれ、ゴローは驚いて振りかえった。

そこにいたのは、アイ。

「星野さん……」

立ちあがったゴローのそばに来て、アイは気持ちよさそうに夜空をあおいだ。

「空ひろーい！　星がいっぱい見えるー！　やっぱ東京じゃこうはいかないもんね～！」

ロングヘアがさらさらとゆれる。ステージ衣装なんて着ていなくても、アイにはアイドルのオーラがあふれていた。

「空気もおいしいし、いいところだね！　社長のすすめで選んだけど、大正解だったな」

「……わざわざ地方の町まで来たのは、東京だと人目につくから……？」

「あれ？　私、先生に仕事の話、したっけ？」

「研修医時代の患者に、キミのファンがいた」

さりなのことだ。

彼女がいなければ、ゴローはアイのことを知ることもなかった。

「あちゃー。まあいずれバレるとは思ってたけど！　やっぱあふれでるオーラは隠せないね！」

アイは明るくおちゃらけながら、ゆっくりと歩いてゴローから遠ざかっていく。

「キミは、アイドルをやめるのか？」

するとアイは立ちどまって振りかえり、きょとんとして即答した。

「なんで？　やめないよ？　子どもは産むし、アイドルも続ける！　以上！」

「それはつまり……」

「そう！　公表しない」

いたずらっ子のような顔をして、アイはゴローを見つめた。

「子どものひとりやふたり、隠しとおしてこそ、一流のアイドルだよ？」

ゴローはすっかり圧倒されてしまった。

「アイドルは、嘘という魔法で輝くの」

そう語るアイは、まるでステージの上にいるかのようだった。歌の振りつけのように、てのひらをひらり、ひらりと美しく動かし、言葉に振りつけをしていく。

「〝捏造〟して、〝誇張〟して、都合の悪い部分は〝きれいに隠す〟。どんなにつらいことがあっても、幸せそうに、楽しそうに、ステージの上でキラキラ歌い踊るの！　嘘に嘘を重ねて！」

ふたつのてのひらを重ねてみせると、くるりとターンし、ゴローのほうへ向きなおった。

「嘘は、とびっきりの愛なんだよ？」

嘘は愛。

そんな言葉を、アイはさらりと言ってのける。

「アイドルとしての幸せも」

と、右のてのひらを上に向けて開いた。

「母としての幸せも」

と、今度は左のてのひらを開く。

そして、開いた両方のてのひらを、胸の前でそっと閉じる。とても大切なものをつかみとるかのように。

「私は両方手に入れる。星野アイは欲張りなんだ！」

夜空には、たくさんの星がキラキラとまたたいていた。

その星々にこたえるように、アイの瞳もキラキラと輝いている。

アイというアイドルは……ゴローが思うよりずっと図太く、ずるくて、強く——。

（一番星のようにまぶしかった）

「だったら、俺が産ませる。安全に、元気な子どもたちを」

それが推しの望みなら、従うまでだ。


付き添いで来ていたサングラスの男性は、斉藤壱護といった。

アイが所属する芸能事務所・苺プロダクションの社長だ。彼は、児童養護施設で暮らしていたアイを引き取って、妻と一緒に世話をしている。

入院日の相談をすませると、アイたちはレンタカーでビジネスホテルに向かった。

ずっと山道が続いていた。明かりも少なく、窓の外に目をやってもほとんど何も見えない。

「父親は誰なんだ？」

壱護にたずねられ、アイは口をとがらせて答える。

「それは内緒～」

「なんでこんな時期になるまで相談しなかった？」

「だって社長、言ったら絶対反対するじゃん」

「……本当に産む気なのか？」

「もちろん！」

「アイドルのおまえが、未成年で妊娠出産だなんて世間に知れたら……おまえもうちの事務所も終わりだぞ!?」

壱護がなんと言おうと、アイの心はゆるがない。

ふくらんだお腹に手をあててやわらかく微笑みかけ、窓の外に視線を移した。

暗闇を眺めているうちに、アイの胸には、七歳だったある日の記憶がよみがえってくる。

（お父さんの顔は知らない。お母さんはいつも、不機嫌だった）


イライラすると物を投げたり、怒鳴ったりした。もちろんなぐることもあった。

何がきっかけで怒りだすか、アイにはわからない。あの日も母親は、アイの食事を載せたお盆を床にたたきおとした。

『静かにしろって言ってるでしょ!?』

アイと母親が住んでいたのは、せまい二部屋に小さなキッチンがついている古いアパート。

そのスペースのあちこちに、手書きの標語のようなものが貼ってあった。

『何笑ってるのよ……全部あんたが悪いんだからねっ！』

『ごめんなさい……』

アイは泣いて頭を下げたが、母親は無言で横を通りすぎ、鏡の前で化粧を始めた。

泣いていてもしょうがないので、アイはごはんを食べることにした。割れたコップやお茶碗を片づける。床に落ちたごはんやコロッケは、拾いあつめてまとめてひとつのお皿に載せた。

お皿の上はぐちゃぐちゃだったけれど、アイはお腹がすいていた。コロッケを一口食べ、ごはんをもぐもぐとかんだ時だった。

ガリッと何かが歯にあたり、口の中に痛みが走る。

『ん……！』

口に指を入れると、ガラスのかけらが出てきた。唇にも血がにじんでいる。

母親を見ると、鼻歌を歌いながら、真っ赤な口紅を塗っている。今話しかけたら絶対に怒られる……そう思い、アイはだまったままでいた。

それからしばらくたったある日の朝、玄関のチャイムが鳴った。

まだふとんで眠っていたアイは、寝ぼけまなこで起きあがり、ドアを開ける。

『星野アイちゃんですね？』

大人たちが立っていた。首からネームプレートを下げた男女と、警察官だ。アイがうなずくと、女性が腰をかがめてアイに目線を合わせ、言った。

『お母さんね、しばらくおうち帰ってこられなくなっちゃったの。お母さん戻ってくるまで、おばさんたちと一緒に待ってよっか？』

アイはすぐに答えられなかった。

どこにつれていかれるのだろう。何をされるのだろう。そう思うと、体がこわばってしまい、声が出せなかったのだ。


アイが暮らすことになったのは「めぐりの里」という児童養護施設。事情があって親と一緒にいられない子どもたちが生活をする場所だった。

アイは初め、みんなの輪に入っていけなかった。庭で遊んでいる子どもたちを、遠くからぼんやり眺めるばかり。

そんなアイに、職員の先生が声をかけた。

『どうしたの？　みんなと遊ばないの？』

先生は、アイを気にかけ、よくこうして話しかけてくれる人だった。アイは、ここに来てからずっと知りたかったことを聞いてみた。

『お母さん、いつになったら迎えにくるの？』

『お母さん、お仕事忙しいんだって』

その言葉で、アイにはわかってしまった。

もう母親は戻ってこない。アイは捨てられてしまったのだ。

『ねえ、アイちゃん。ちょっと笑ってみて？』

笑い方を忘れていたアイは、頬をぴくぴくさせながら、やっとのことで笑顔をつくってみせる。

すると、先生は嬉しそうに微笑んだ。

『わあ、やっぱり！　アイちゃんの笑顔は、とーっても素敵だね！』

そう言って、ぎこちなく笑うアイの頭をやさしくなでる。

『先生、もっともっとアイちゃんの笑顔が見たいな！　あっちでみんなと遊ぼ！』

先生に手を取られ、アイはみんなのもとへと歩いていった。

(施設で暮らすうち、私は少しずつ学習していった。どうふるまえば、人からかわいがられるのか)

ある朝、アイはパジャマをわざと表裏逆に着て、洗面所に行った。そのすがたで歯磨きをしていると、通りかかった先生が、あははと笑う。

『ちょっとア〜イ〜。またパジャマ裏返しじゃな〜い』

アイは今気づいたようなふりをして、笑顔を見せる。

『あっ！　ほんとだ！　てへへ！』

壁に落書きをして怒られた時は、悪びれずに笑顔で謝る。

『ごめんなさい』

そのうちだんだんと「アイは何をしでかすかわからないけれど、憎めない子」という扱いになっていった。

お遊戯会の時は、誰よりも元気よく歌った。

振りつけして歌うとみんながもっと喜ぶとわかれば、かわいくダンスをしながら歌った。

（相手が求める〝星野アイ〟を演じるたび、〝私の嘘〟はうまくなった）

そしてある日、運命が大きく動いた。

街で、サングラスをかけたあやしい男にスカウトされたのだ。

抹茶ラテをごちそうするという言葉につられてカフェに入ると、彼に名刺を渡された。名前は斉藤壱護。「苺プロダクション　代表取締役」という肩書きが書いてある。

『アイドル？　私が？　ウケる』

『キミなら確実にセンターを狙える。俺が保証するよ』

アイはにこにこと笑って、壱護に名刺を突きかえした。

『やめといたほうがいいと思うな～。私、施設の子だよ？』

『あ、そう』

『うち、母子家庭だったんだけど、お母さん、窃盗で捕まっちゃって、施設行き』

テーブルの向こうに座る壱護は、特に驚く様子もなく、かといって同情した顔もせず、だまってアイの話を聞いている。

『そのまま捨てられちゃったんだよねー。アイドルになるには、生い立ちがヘビーすぎるでしょ』

『いいんじゃねえの』

『……え？』

驚いたアイからは、つくり笑顔が消えていた。

『アイドルなんて、そもそもまともな人間がやる仕事じゃないからな。むしろ向いてんじゃねえのか？』

『でも私、人を愛した記憶も、愛された記憶もないんだよ？　そんな人間が、みんなから愛されるアイドルになれると思う？　ファンを愛せるわけないよね？』

壱護の目が、じっとアイをとらえている。アイの心を見透かすように。

『俺には、〝本当は誰かを愛したい〟って言ってるように聞こえるけどな』

アイの心臓がどきりと鳴った。

本当は……。

本当はそうなのかもしれない。誰かを愛したい。愛せる人がほしい……そう思っていたのかもしれない。ずっと、ずっと。

壱護は続けた。

『〝みんな愛してる〟って言いながら歌って踊ってるうちに、その嘘はいつか本当になるかもしれない』

〝嘘が本当になる〟――。

（その言葉を聞いて、私はアイドルになることを決めた。でも……）

飽きっぽいアイは、やがてやる気を失ってしまった。

おなじ年代の少女たちとグループを組み、小さなスタジオでダンスレッスンを受けることになった。

でも、アイはうまくメンバーに溶けこめなかった。

休憩時間にみんなとおしゃべりしたり、ふざけあったりすることもない。いつもひとりでスタジオのすみに行き、ぼんやりしながら過ごす。


そんな様子を見て、壱護と鏑木勝也は心配していた。

鏑木は、テレビ番組などを手がけるプロデューサー。芸能界での仕事が長く、顔もひろい。

『一度、外部に預けてみたらどうです？』

壱護にそう提案する。素材は抜群なのに、アイにはやる気がない。しかし鏑木は、彼女に可能性を見出したようだ。

『外部？』

『知り合いの劇団がワークショップをやってるんですよ。よかったら紹介しますよ』

そしてアイは、演出家・金田一敏郎の率いる「劇団ラライ」のワークショップに参加することになったのだった。

ワークショップでは、参加者が課題のワンシーンを演じ、指導してもらう。

ところが、そこでもアイは退屈していた。参加者たちの演技も見ずにぼうっとしている。

『はい、じゃあ次。アイ』

金田一に呼ばれ、アイは無言でのろのろ立ちあがった。

『……ヒカル』

『はい』

ヒカルと呼ばれた少年が立ちあがる。

アイの視界にとびこんできたその少年は、金髪にも見える明るいブラウンの髪をしている。

アイはなぜか、その少年から目が離せなくなった。

当初の予定どおり、アイは少し早めに入院してきた。世間から身を隠すためだ。

ゴローが病室を訪ねると、ベッドに座っていたアイが元気よく挨拶する。そばには大荷物があり、まるで旅行にでも来たみたいだ。

「ゴロー先生！　今日からよろしくね！」

(アイは、プライベートでも、完璧で究極の〝アイドル〟だった)

自由奔放で、はつらつとしていて、いつも笑顔を絶やさない。

朝は屋上に出て、高齢の患者たちと一緒にラジオ体操。毎回とても楽しそうだ。

病室でお菓子を食べている現場を押さえたこともあった。アイはポテトチップスの袋を、あわててキャビネットの引き出しに隠す。

「食べてないよ。見てただけ」

思いっきりパクついていたくせに、ごまかすつもりだ。ゴローが引き出しを開けると、ポテトチップスの他にチョコレートまで出てきた。

「塩分とりすぎ、カフェイン注意……聞いてますか？」

ぜんぜん聞いていない。ゴローに背中を向けて、今度は酢こんぶを頬ばっていた。

「お菓子食べすぎ。貸しなさい」

アイは酢こんぶを口にくわえたままゴローに言った。

「……食べる？」

何をしでかすかわからない。でも憎めない。アイはいつだって〝アイドル〟だった。

でも。

お腹は日に日に大きくなった。

アイは、モニターに映るふたごの画像を見て、大きな瞳をキラキラと輝かせる。

(どれだけ親しくなろうと、アイはふたごの父親が誰なのか、決して明かさなかった。アイとおなじく、子どもがいてはまずい人間なのだろう)

それが誰なのか、ゴローのような人間には想像することもできない。

ある日の午後、アイの運動がてら、ゴローはアイをつれて散歩に出た。

病院をかこむ林道を、ふたりはゆっくりと歩く。林も、遠くに見える山々も、ところどころ赤く染まっていて、風が少し冷たい。

「ねえ先生、聞いて！　子どもたちの名前、決めたんだ！　星野愛久愛海と──」

「ちょ、ちょ、ちょ、ちょっと待て。あくあ、まりん……？」

「そう。アクアくん！　もうひとりは瑠美衣！　かわいいでしょ！」

かなりぶっとんだ名前だ。アイらしいといえば、らしいけれど。

「いくらなんでも、ネームがキラキラしすぎてないか？」

アイは自分のネーミングセンスに大変満足しているらしく、自信満々だ。

「もう決めたことだから！　あと一週間か〜。楽しみだね……」

そう言って、アイはせりだしたお腹を愛おしそうになでる。

ゴローは不思議な気持ちでいっぱいだった。推しのアイドルとこんなに親しく話せる関係になるなんて、予想すらしなかったことだ。

でも、赤ちゃんが生まれれば、患者と医師というこの関係は終わってしまう。そう思うと少し寂しくなり、小さくため息をつく。


この時、ふたりの後ろすがたを、林の中から見つめている不審な人影があった。

もちろん、ふたりには知るよしもなかった——。


その数日後のことだった。スタッフルームでデータの整理をしていると、川村助産師が言った。

「先生、聞きました？」

「何をですか？」

「最近、病院のまわりを不審者がうろついてるって話」

「不審者？」

こんなのどかな病院に、不審者とは珍しい。まさか、アイにかかわる人間だろうか。それとも、マスコミの人間に気づかれたか？

何か引っかかるところがあったが、ゴローは仕事に追われてすぐに忘れてしまった。

ゴローのもとに連絡が来たのは、それから間もなくのことだった。ろうかを歩いていると、胸ポケットの中のＰＨＳが鳴る。

「はい。わかりました。すぐ向かいます」

きびすを返して、アイの病室に向かう。

ドアを開けると、ベッドに横たわったアイは、苦しそうに顔をゆがめていた。

「痛――――い……」

川村助産師がアイの背中をさすっている。ゴローは腕時計で陣痛の間隔を計った。

「川村さん、そろそろ分娩の準備始めましょうか」

「はい。じゃあ佐藤さん、移動します。ゆっくりでいいですからね」

アイは「佐藤」という偽名を使って入院していた。それが偽名だと知っているのは産婦人科の数人で、ほとんどの病院スタッフは本当に「佐藤」だと思っている。

すべては、アイの安全のためだ。

(安心しろ、アイ。俺が必ず、安全に、元気な子どもを産ませてやるからな)

ゴローは心に誓い、先に病室を出ていく。

ところが、ろうかを歩いていた彼の耳に、妙な会話がとびこんできた。

「すみません。星野アイの病室はどこですか?」

思わず振りかえってしまった。

たずねたのは背の高い男だ。黒いパーカーの上からコートを着て、フードをすっぽりとかぶっている。

声をかけられた看護師は「星野さん……?」と首をかしげている。

看護師が答えられるはずがなかった。アイはこの病院内でも本当の苗字を公表していない。それに、ここに入院していることも、外部には伏せているはずだった。

なぜ知っている? どうやって知った?

ゴローはいぶかしく思い、男に近づいていった。

「何か御用ですか?」

男はためらうように顔をこちらに向ける。そしてゴローのすがたを見るなり、その場から走りだした。

「ちょ……!」

男を追いかけ、ゴローも走る。

男は裏口の扉をこじ開けて外にとびだしていくが、クリーニング袋につまずいてコンクリートの上に転がった。追いついたゴローが馬乗りになってつかみかかる。

「おい! どうしてここがわかった! どうして公表されていないアイの苗字を知ってる⁉」

男は顔をゆがめると、ゴローを思いきり蹴りとばして逃げだした。

ゴローはよろけて倒れたが、すぐに立ちあがると、近くにあった道具棚から懐中電灯をつかんで再び追いかける。

あたりはすでにうす暗い。しかも男が逃げた先は、うっそうとした林の中だ。あっという間にすがたを見失ってしまった。

だが、まだ近くにいるはずだ。そう思い、林の中をさがしまわる。

「ちくしょう……どこ行った――」

そうつぶやいた直後、目の前が真っ暗になり――ゴローの意識はとぎれた。

一方、分娩室ではアイのお産が進んでいた。

なかなかゴローが来ないので、分娩台の上のアイは不安でいっぱいだった。肩で息をしながら、川村助産師にたずねる。

「ねえ……先生は……？」

「すぐに来るわよ」

しかし、いくら待ってもゴローは来ない。

やがてアイは、いよいよ苦しそうにうなり声を上げだした。助産師や看護師たちが、手際よくお産のサポートをする。

「深い呼吸を意識してください」

川村助産師が、汗だくでうめいているアイに声をかける。

「大きく息を吸ってー……」

ゴローが分娩室に現れないのには理由があった。

体が動かないのだ。全身が痛み、意識がもうろうとしている。
（どこだ……？　ここ……）
目の前は真っ暗で、カサカサと枯れ葉のこすれる音がしている。
視界がだんだん明るくなり、空に浮かぶ月がうっすらと見えてきた。
どうやら崖下に落ちたらしい。いや、突きおとされたのだ。あの男に。
視線を移すと、枯れ葉の積もった地面に、自分の携帯電話が落ちているのが見えた。
（早く、アイのところに……行かなきゃ……）
携帯電話を取ろうとのばした手は、血まみれだった。
（アイ……俺が……産ませてやるからな……。安全に……元気な、子どもたちを……）
しかし手には力が入らず、やがてがくりと地面に落ちた。
再び深い暗闇がやってきて――産科医の雨宮ゴローは絶命した。

すると、不思議なことが起きた。
ゴローの魂が肉体から離れ、だんだんと地面の下に沈んでいく。かと思うと、色とりどりの泡粒が渦巻く海のような中で、振りまわされ、もみくちゃにされ――。

ぼんやりとしたゴローの視界に、こちらをのぞきこむ川村助産師の顔が映った。かすんでいてよく見えないが、たしかに川村助産師だ。

（あ？　川村さん……すみません）

ゴローは状況を把握しきれないまま、とっさに心の中で詫びたものの、とても混乱していた。

なんだか変だ。ここはどこだろう。近くで赤ちゃんの泣き声がしている。

「さあ、ママのところに行きましょうねー」

（……ママ？　え？　あ、いや、川村さん……ちょっと……）

まるで赤ちゃんになったような気分だ。体が浮きあがった。というか、自分の体が川村助産師に抱きあげられている⁉

「元気な男の子と女の子よ」

川村助産師の声とともに、赤ちゃんを抱くアイの笑顔が、ゴローの視界にとびこんできた。かなりの至近距離だ。こちらを見つめるアイの目に、見る見る涙が浮かんでいく。

アイがやさしく呼びかけてきた。

「アクア」

（……アクア？）

「ルビー」

（ルビー⁉）

「今日からよろしくね」

（えええええ⁉）

そう、雨宮ゴローは生まれ変わったのだった。

アイの子ども、星野愛久愛海に！


そのころ、病院からさほど離れていない街道に、あの男がいた。男はさまようように歩きながら携帯電話をかけている。

——嘘でしょ？　本当に殺しちゃったの？　しかも医者のほうを？

携帯電話の奥から、半分笑っているような少年の声が聞こえてきた。

フードをかぶった男はおどおどと訴える。

「どうしよう……俺、どうしたらいい？」

——大丈夫だよ。僕の言うとおりにすれば。

電話の向こうの少年は、不気味なほど冷静に言った。
――キミを助けてあげられる。

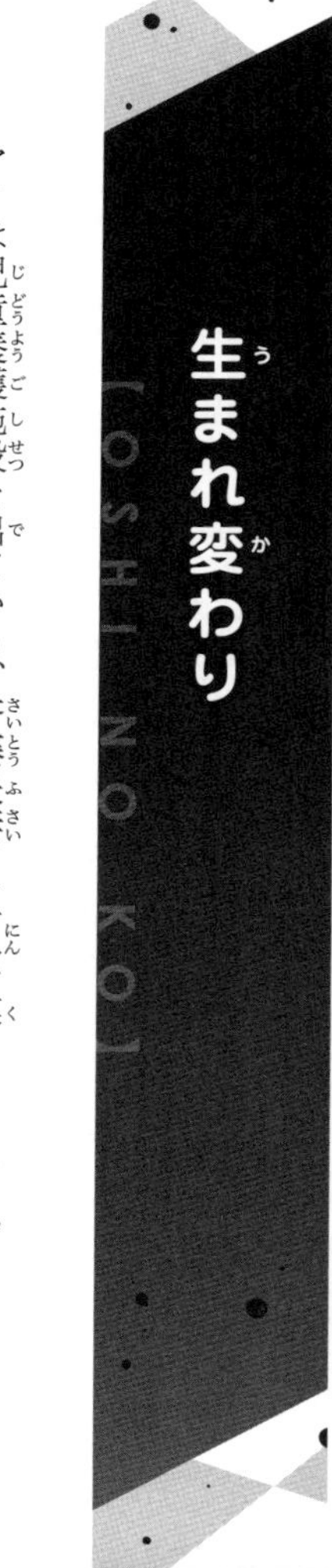

生まれ変わり

アイは児童養護施設を出てから、斉藤夫妻と三人で暮らしていた。

ひとりぼっちだったアイに、家族ができたのだ。

そして、今度はふたごが生まれて家族は五人に。

五人のにぎやかな毎日は、あっという間に過ぎていった。


ふたごは一歳になった。

おもちゃの散らかったリビングで仲良くテレビ画面に見入るふたりは、どこにでもいる赤ちゃんのように見えるけれど……。

「ねえ、このころのツアーのセトリ、ヤバくなーい？」

と、ピンク色のカバーオールを着た赤ちゃんがしゃべっている。

彼女は星野瑠美衣。アクアの妹、ルビーだ。

「ああ。何度観ても飽きがこないな。アガる」

水色のカバーオールを着たアクアは答える。

「『我ら完全無敵のアイドル!!』、神曲でしかないんだけど！　ライブ音源アルバム収録希望！　鬼リピだわ～」

(理由も原理もサッパリわからない。ただ俺たちは、前世の記憶を持ったまま、推しのアイドルの子どもとして、この世に生まれ変わった)

こうして大人のようにしゃべれることは、ふたりだけの秘密だ。人前ではアウアウ、バブバブと赤ちゃんのふりをしている。

壱護とミヤコは今、ワークスペースとして使っているとなりの部屋でそれぞれ仕事をしていた。

アイはというと、ふたりのミルクの準備中。哺乳瓶の温度を確かめると、いそいそとリビングにやってきた。

「ふたりとも～、ごはんの時間でちゅよ～」

ルビーはさっそく「あ～う～」と赤ちゃんになりきって、アイに甘えだした。

ルビーの前世はかなりのアイドルオタクだったようだ。しかもアイ推し。アイの子どもに生まれ変わったのをいいことに、調子に乗ってめちゃくちゃ甘えている。

やれやれ、とアクアは思った。

（コイツも誰かの生まれ変わりらしいが、俺たちが前世について話すことはない。【推しの子】として、それぞれ今世を楽しもうというスタンスで落ち着いている）

と、むっつり考えていたアクアの体が、アイにひょいと抱きあげられた。

「ルビーちゃん、ミルク飲みましょうね～」

「そっちはアクアでしょ」

と、扉を開けはなしたとなりの部屋から、ミヤコがつっこんだ。

ミヤコはエレガントな雰囲気の美人だ。元タレントで、引退した後は、苺プロの仕事を手伝っていた。壱護とは歳の差夫婦だった。

「あ、ほんとだ。水色の服着てる」

きょとんとするアイに、壱護はあきれかえって言った。

「おいおい。おまえそれでも母親かよ……」

「まあ、どっちでもいっか！　よし！　アクアた～ん、ミルク飲みますよ～。どちたの？　飲まないの？　よしよしよし」

アイはニコニコの笑顔でアクアと、それからルビーに哺乳瓶をくわえさせた。

平和だなあ。

アクアは、哺乳瓶を吸いながら、リビングにあるテレビを見やる。

流れているのは、B小町のライブ映像だ。

メンバー五人の中で、センターをつとめるのはもちろんアイ。

まばゆいライトの下、ファンたちの歓声をあびながら歌って、踊っている。

アイは、産後数か月で仕事に復帰した。社長夫妻と同居しながら、二児の母と「アイドル」という二足のわらじを履き、あっという間にスターダムにかけあがっていったのだった。


B小町のメンバー五人は、新曲のMV撮影で植物園に来ていた。

監督は五反田泰志がつとめている。彼はまだ三十代で、新進気鋭の若手映画監督だった。無精ひげを生やした、ぶっきらぼうな雰囲気の人だ。

ダンスのシーンをひとしきり撮った後、モニターを見つめていた五反田の声がとぶ。

「カット！　OK！」

アシスタントディレクターが「OKでーす」と返すと、現場の緊張感が一気にとけた。

「それではみなさん、本日は以上になります！　お疲れさまでしたー」

スタッフの声が響き、スタジオのあちこちで「お疲れさまでした！」「ありがとうございました一」という声がとびかう。

メンバーのひとりが「カメラマンさーん、写真撮ってー」と声をかけると、アイ以外の四人ははしゃぎながら部屋のすみに集まった。

アイだけはその輪に入れず、居心地が悪そうにその場に立ちつくした。

こういうのは、もう慣れっこだ。自分がみんなからねたまれていることは知っている。みんなが裏でさんざん陰口を言っているのも耳にしている。

でも、まるでここにいない人間のように扱われるのはやっぱりつらい。そんな気持ちが、思わず顔に出てしまったようだ。

「ありがとうございました」

アイはスタッフたちに挨拶し、五反田の横を通りすぎていった。すると。

「B小町のアイにも、嘘じゃない表情があるんだな」

五反田の声がする。アイは立ちどまって振りかえった。

嘘じゃない表情。

どうして五反田監督は、普段のアイの表情が「嘘」だとわかったのだろう。なぜ見抜かれてしまったのだろう――。

アイは返す言葉を見つけられず、「ありがとうございました」と五反田に一礼して、部屋を後にした。


深夜、壱護の運転する車で家に向かう。

「おい、アイ」

後部座席に座るアイは、疲れと眠気でうとうとと眠りかけていた。

「んー？」

「あさってインのドラマ、セリフ入ってんのか？」

「んー、まだ入ってない……。ぜんぜん覚える時間なくて……。明日のスケジュールは？」

「朝六時半に六本木のスタジオ入りで、ソログラビアの撮影。その後、雑誌の取材が四件。十七時半からバラエティーのコメント撮り。十九時二十一時でラジオ収録。それから新曲の振り入れだ」

「うん……移動中に覚えるよ……」

そう言うと、アイはすとんと眠りに落ちていった。


アクアとルビーのベビーベッドは、アイの寝室にあった。

仕事で遅くなることが多いアイの代わりに、ミヤコがふたりを寝かしつける。ふたりが眠ったころには、ミヤコが疲れはててアイのベッドでうたた寝してしまう、なんてこともあった。

夜遅くに玄関のドアが開く音がして、アクアはとなりのベッドで寝ているルビーを起こそうとする。

「帰ってきたぞ」

いつもなら大はしゃぎするルビーだったが、今日は疲れているのか眠ったままだ。

「ただいまー」

小声でそう言いながら、アイがそっと寝室に入ってきた。ベッドにつっぷしていたミヤコが目を覚まして起きあがる。

「おかえり」

ふたりはアクアとルビーを起こさないように、声を落として話しだした。

「子どもたちは？」

「よく寝てる。お風呂は？」

「朝入る」

「そう。じゃ、おやすみ」

「おやすみー」

ミヤコが出ていくと、アイは着替えもせずにバタッとベッドに倒れこみ、すうすうと寝息をたてはじめた。

それからしばらくたち、深夜二時をまわったころ、突然ルビーがぐずりだした。目を覚ましたアクアが、となりのベビーベッドに向かってささやく。

「おい、ルビー。静かにしろ。アイが起きちまう」

アイが「お願いだから寝かせてー……」と夢うつつでつぶやいている。

ところが、ルビーはますますぐずった。

「どうしたルビー。おい、どうした？」

アクアの声が聞こえないのか、ルビーはとうとう大声で泣きだしてしまった。これではアイが目を覚ましてしまう……。

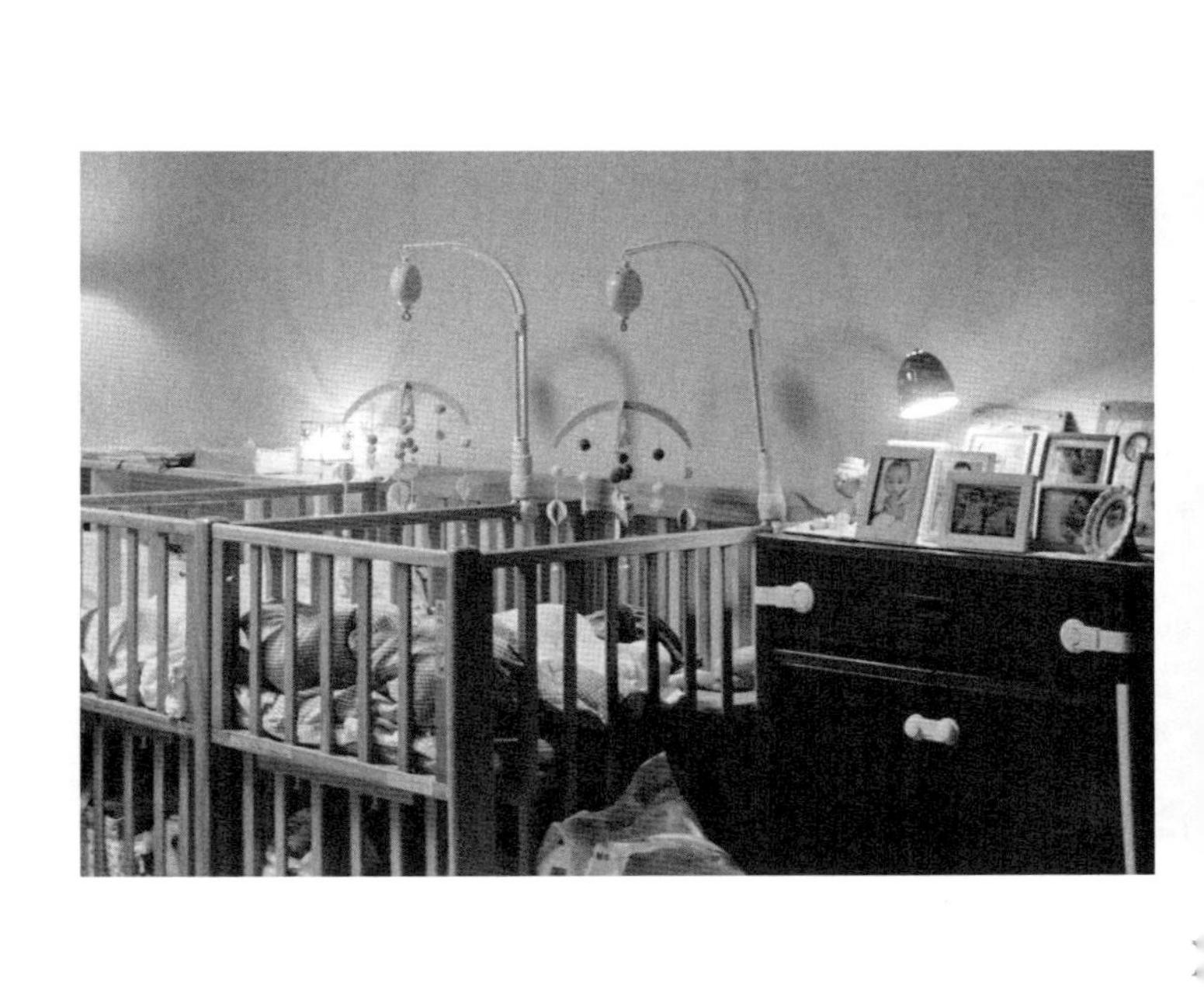

「どうしたの～？」

やっぱり起こしてしまった。アイはつらそうに体を起こし、泣くルビーを抱きあげる。

アイはルビーの背中をトントンとたたきながら、寝室を出ていってしまった。


リビングにやってきたアイは、ルビーをベビーマットに寝かせ、急いでミルクとおむつ、それとおもちゃ箱を用意する。

でも、おむつはきれいだし、ミルクも飲もうとしない。ルビーはますます激しく泣くばかりだ。

「どうしたの～、泣かないで。お願いだから泣かないで～。いったい何が気に入らないの～？

ママ、ぜんぜんわかんないよ～……」

ぬいぐるみを見せてもだめ。お気に入りのガラガラであやしてもだめだ。

「お願いだから静かにして……」

どうしたらいいかわからなかった。何をやっても泣きやんでくれない。

顔を真っ赤にして泣きつづけるルビーを見つめているうちに、だんだんと気持ちがあせってきた。

どうしようもない怒りがこみあげてくる。そしてついに、

「静かにしてって言ってるでしょ⁉」

手に持っていたガラガラを、思いきり床に投げつけてしまった。

その瞬間、アイの脳裏に、幼いころの記憶がよみがえった。

母親が落としたお盆。床にぶちまけられたごはんとコロッケ。割れたお茶碗やコップ――。

アイは、はっと我に返り、火がついたように泣き叫ぶルビーを抱きあげた。

「ごめん……！　ごめんね、ルビー……ごめん……」

なんてことをしてしまったんだろう。これじゃお母さんとおなじ。アイは腕の中のルビーに頬をよせ、その場にへたりこむ。

騒ぎを聞いて目を覚ましたミヤコが、リビングにやってきた。

「……どうしたの？」

アイは答えることができず、ただ首を横に振った。ミヤコはしゃがみ、アイの腕からルビーを取りあげる。

「どうしたのルビー、ん～？」

とあやしかけたところで、眉をひそめる。

「……この子、熱あるんじゃない？」

アイの手がわなわなと震えた。どうしよう。頭の中が真っ白になり、反射的に携帯電話をさがす。

「き、救急車！　救急車！」

「アイ、落ち着いて。体温計持ってきて」

すぐに壱護も起きてきた。ルビーの熱を測ると、三十九度近くある。

あわてたミヤコと壱護が話しあう。ルビーを、夜間外来のある病院につれていくことにしたようだ。アイには留守番するように言い、ルビーを毛布にくるむ。壱護は車の鍵をひっつかんだ。

「ねえ、やっぱり私も行く！」

と、玄関まで追いかけていったアイを、壱護はつっぱねる。

「ダメだ。おまえが来ても状況は変わらん」

ふたごは壱護たちの子どもということになっていた。誰かに見られて噂にでもなったら、アイも事務所も大変なことになってしまう。

「でも！」

「ちゃんと連絡するから。アクアのことお願いね」

ふたりがあわただしく出ていった後、アイはふらふらと寝室に戻った。

ベビーベッドで目を覚ましていたアクアに手をのばし、静かに抱きあげる。そしてぎゅっと胸に抱きしめ、泣きだした。

「神さま……なんだってするから、ルビーを助けて……。あの子を守って……」

涙はあとからあとからとめどなくあふれ、とまらなかった。

(私はこの時、子どもたちが自分よりも大切な存在になっていたことに、ようやく気づいた)

ミヤコたちは朝方には戻ってきた。ルビーの熱も引き、もう心配はないとのことだ。


その数日後、アイはハンディカメラを手にして、ルビーにレンズを向けた。

「ルビーちゃ～ん。元気になって、お家に帰ってきました～。よく眠ってるねー」

そして、となりのベッドで眠っているアクアを映す。

「アクアくんも、眠ってまーす」

東の空はきれいな朝焼け。思い出を残すには、ぴったりの日だ。

アイはベッドに座り、液晶モニターを百八十度ひっくりかえして、レンズ側から語りかける。

「ふふふ。やっぱこういうの残しておくのも、いいかなーと思ってね」

ふたりの子どもは、すやすやと眠りつづけている。

アイはレンズに向かって微笑みかけた。

「なんにせよさ、元気に育ってください。母の願いとしては、それだけだよ！」

カメラをオフにして、ふたりの寝顔を眺める。アイの表情が、少しずつ険しくなっていく。

（私はまだ子どもたちに〝愛してる〟って言ったことがない。その言葉を口にした時、もしそれが嘘だと気づいてしまったら……）

だからまだ、アイはその一言を言えないでいるのだった。


リビングに飾る家族写真が、一枚、また一枚とふえていく。

写真の中のアクアとルビーは、ぷくぷくした赤ちゃんから、歩いたり走ったりできる幼児になり——やがて、母親譲りの美しい容姿を持つ、五歳の子どもに成長した。

ただ、髪の色だけは似ていない。黒髪のアイとはちがい、金髪に見えるほどの明るいブラウンだ。

アイの芸能界での活躍はますます華やかになっていき、親子三人は壱護たちの家を出て、高級マンションに引っ越すことになった。

アイたち三人は、斉藤夫妻につれられて新居の内見に来ていた。

「すごおおおおい！」

無邪気な五歳児に育ったルビーは、真っ先に窓際にかけより、東京の大パノラマを見おろした。

「ひろ――――い！」

と、アイも子どもみたいにはしゃいでいる。

「たか～い！　車がちっちゃーい」

「ほんとだねー」

落ち着いたたたずまい。エントランスやロビーはおしゃれ。自分がこんな家に住めるようになるなんて、アイは思ってもみなかった。しかも親子三人で。なんて幸せなんだろう。

アクアは腕組みをして部屋を見まわし、ぼそっとつぶやく。

「都心の一等地で百二十平米の駅近物件か……。住民の民度も問題なさそうだな」

ミヤコが「あんた、どこでそんな言葉覚えてくるの？」とぎょっとしている。

嬉しい引っ越しだけれど、アイは少し心配になってしまった。

「ねえ、社長。こんな立派なお家借りちゃって、大丈夫？」

「まあ、お祝いだからな」

「なんの？」

壱護は一瞬わざとらしく口をつぐむと、ニヤリと笑って言った。

「B小町の――」

ここで数秒間ためてから、両腕を高く突きあげながら叫んだ。

「東京ドーム公演が決まった〜っ！」

「えええ！」

「やったー！」

アクアとルビーが大喜びし、ミヤコがパチパチパチと拍手する。

ところがアイの反応はいたってクールだ。

「そうなんだー」

「いや、もっと驚くとか喜ぶとかあるだろ？」

「ごめん。今はドーム公演より、私たち家族のお家ができたことのほうが嬉しくって」

アイは微笑んで、大喜びしているアクアとルビーをやさしく見やった。

「ねえママ！　二階もすごいひろいよ！」

「ほんと？　行く」

アイはアクアの腕を取って階段を上がっていく。

この成功と幸せが、いつまでも続けばいい。

ミヤコと壱護は、そんなことを思いながら、アイたち三人を見つめるのだった。


五反田が壱護に呼びだされたのは、そんなころだった。

苺プロの事務所に出向くと、意外な仕事を持ちかけられた。

「ドキュメンタリー？」

壱護から手渡された企画書の表紙には、こう書いてあった。


『ドキュメンタリー・オブ・B小町　～彼女たちが向かう場所～』

「ドーム公演までのB小町の記録を残してほしい」

「俺がですか？」

なぜ自分に白羽の矢が立ったのだろう。腑に落ちない顔をしていると、壱護が言う。

「アイの強い希望でね。嘘のない、監督の人柄に惹かれたんだと」

「はあ……」

狐につままれたような気分だ。あの少女が自分を名指ししてくるとは……。

しかしなぜか、断る気にはなれなかった。彼女なりの理由があるのだろう。

五反田は、その仕事を引き受けることにした。


数日後、五反田はカメラと三脚などの機材を持って、レッスンスタジオを訪問した。

B小町のダンスレッスンをひとしきり撮影し、休憩時間もカメラをまわす。

アイ以外の四人は、ホワイトボードに落書きをして遊んでいる。クマなのかネズミなのか、よくわからない動物のイラストを描いて、何やら楽しそうだ。

「かわいい」

「ちょっと、ありぴゃんに似てるよね」

「似てるー。ねえ、ありぴゃん、ちょっとこっち向いて」

「あははは！」

四人から離れた場所で、アイはひとりぼっちだった。休憩時間を持てあましているのか、ストレッチをしている。

「……ったく、ドキュメント撮るなんて学生ぶりだっつーの」

五反田はぼやきながらアイを呼び、カメラの前に椅子を置いて座らせる。

「ここ座って」

アイが腰かけると、三脚に固定したカメラを向けた。

「いいか？　いつもの調子で、嘘を塗りかためたすがたしか見せないなら、カメラをとめる。俺は本物を撮りたいからな」

そのために俺を起用したんだろ？　五反田はそう思った。真剣勝負だ。

「嘘のない私を撮っても、きっと使えないよ？」

アイは、ふふっと笑った後、まっすぐに五反田を見すえた。

「それでもいいなら――」

その瞳は、五反田をたじろがせるほどに力強かった。五反田は思わず息をのむ。

「本当の私を、撮ってください」

レンズ越しに見るアイは、覚悟を決めたような顔をしていた。

苺プロの事務所ビルには、昔ながらの公衆電話がある。

ある日、アイはこっそりとその電話に向かった。

まわりを気にしながらプッシュボタンを押す。公衆電話を使うのは、携帯電話やスマートフォンに通話履歴を残さないためだ。

「ひさしぶり。元気だった？」

アイは明るい声で話しだす。そして、受話器から聞こえてくる相手の声にうなずいた。

「そう、ドーム公演決まったよ。うん。子どもたちもけっこう大きくなったー。ねえ、一度会ってみない？」

ふと見ると、近くの部屋のドアのかげから、アクアがこちらをのぞいている。かわいい大きな瞳が、アイをじっと見つめていた。

アイは唇の前に人差し指を立て、「しーっ」という仕草をし、電話を続ける。

「うん。もうすぐ引っ越し。あー、新しい住所はね～」
電話の相手は——そう、アクアとルビーの父親だ。

ドキュメンタリーの撮影は着々と進んでいた。

東京ドーム公演の前日リハーサルは、メンバーの出発から同行して撮影することになった。

B小町の乗るバンが地下駐車場に到着すると、会場スタッフたちが花道のように並んで出迎える。スタッフたちが口々に「よろしくお願いします」と挨拶する中、先に車を降りていた五反田は、その様子をカメラで撮りつづけていた。

B小町のメンバーが車から降りてくる。

アイ以外の四人は、手を振ったりピースサインをしたり、思い思いのアクションでカメラの前を通りすぎていく。

アイは他のメンバーから遅れて、最後に降りてきた。

「リハ行ってきま～す」

カメラの前では笑顔で手を振ったが、五人の中でひとりだけ浮いているのは明らかだった。

会場内は、ステージまわりも通路も、スタッフたちが忙しく動きまわっていた。

アイは、通路でカメラのメモリーカードを交換している五反田のもとへ、ちょこちょこと走っていく。

「監督！」

五反田が不機嫌そうに振りかえる。彼がこういう顔をしているのはいつものこと。本当は不機嫌じゃないことを、アイは知っている。

「これ預かっといて」

アイはふたつの封筒を手渡した。

ちょうどDVDの大きさに折りたたんであり、ひとつには「お兄ちゃんへ　18になるまであけちゃダメ！」と、もうひとつには「ルビーへ♡　18になったらあけてね」と油性ペンで書いてある。

「なんだこれ？」

「ビデオレター。アクアとルビーが十八歳になったら渡してほしい」

ルビーへ♡
18になったら
あけてね
お兄ちゃんへ
18になるまで
あけちゃダメ!

「そんなもん、自分で渡しゃいいだろ」

「だって私が持ってたら、絶対失くすもん」

「……たしかに。おまえ頭いいな？」

その時、リハ開始を告げるスタッフの声が聞こえてくる。

「言っておくけど、監督は絶対、絶対、絶対、中身を見ちゃだめだからねっ！」

アイはそう念を押してから、待機場所へと向かった。

五反田はきっと約束を守ってくれるはず。アイはそう信じていた。


その夜、アイはぐっすりと眠る子どもたちを見つめながらつぶやいた。

「いつか言えるといいな……」

嘘ではない、心からの「愛してる」を、いつかふたりに言えるといい。

そう思いながら、明日に備えて体を休めた。

そして、ついに東京ドーム公演の当日がやってきた。

朝、アラームの音で目を覚ましたアイは、ゆっくりと身支度をして、子どもたちの寝顔を眺めた。ふたりとも、すやすやとあどけなく眠っている。

今日はいい日になりそうだな。子どもたちを見ていると、そう思える。

その後、スマートフォンを手に取ってＳＮＳに投稿した。


みんなおはよー！

今日のドーム、たのしみ～


ポストした直後から「♡」の数字が見る見るふえていく。

アイドルとしての仕事も順調。

アクアとルビーという、かけがえのない子どもたちもそばにいる。

今、アイは、本当に本当に幸せだった。

その時、インターフォンが鳴った。誰か来たようだ。

「ミヤコさん？　はーい」

スマートフォンを握ったまま玄関に行き、ドアを開ける。

しかし、そこにいたのは、ミヤコではなかった。

黒いフードを目深にかぶった若い男だ。白いバラの花束を抱えて立っている。

誰？

アイが顔をこわばらせて立ちすくんでいると、男は言った。

「ドーム公演おめでとう。ふたごは元気？」

男はそう告げるなり、花束に隠していた何かを取りだした。

「……!!」

お腹のあたりが、カッと熱くなる。何かが突きささったみたいだ。下を向くと包丁が見え、水色のセーターが赤く染まっていた。

アイには、まるで時間がゆっくりと流れているように感じられた。

花束から散りおちたたくさんの白い花びらが、雪のように宙を舞っている。

持っていたスマートフォンが、のろのろと床に落ちていく。

と、その時、リビングのドアが開く音がして、とたんに時間が動きだす。

「アイ……？」

ドアのほうからアクアの小さな声が聞こえてくる。アイは振りかえらずに叫んだ。

「来ちゃダメ！」

男は少し顔を上げた。フードがはずれて顔が見えた。アクアも彼を見てしまっただろうかと心配になる。もしアクアにも襲いかかったら――。

アイは包丁で刺されたお腹を押さえて後ずさりし、壁に手をついた。そして、近づいてくるアクアに叫ぶ。

「だめ、アクア！」

すると、男がうなるような声を上げた。

「痛いかよ……俺はもっと痛かったんだよ！」

「おまえ！　きゅ……救急車！」

アクアはそう言って、床に転がっていたアイのスマートフォンを拾い、小さな手で必死に操作している。

アイは、痛みをこらえ、やっとのことで立っていた。

男が、顔をゆがめてわめく。

「アイドルのくせに、子どもつくりやがって！　ファンのことバカにしやがって！　裏ではずっと笑ってたんだよな？　この嘘つきがぁっ!!」

アイの後ろでは、スマートフォンを握るアクアが「もしもし!?　救急車一台お願いします！」

と叫んでいる。男はなおもわめきつづけた。

「さんざん〝好き〟だの〝愛してる〟だの言っていたクセに！　ぜんぜん嘘じゃねえか！」

嘘、かあ……。アイは、男を見つめて微笑んだ。

「……私にとって、嘘は愛」

傷からはどんどん血が流れていき、今にも気を失ってしまいそうだ。それでもアイは笑顔をつくりつづけた。

（いつか、心の底から〝愛してる〟って言ってみたくて、私は、きれいな嘘をつきつづけた――）

だからアイドルになって、ステージの上から、何度も何度もファンに呼びかけた。

「みんな愛してるよー！」と。

（その嘘が、いつか本当になることを信じて……）

男はパニックになったのか、大声で絶叫すると、包丁を投げ捨てて走り去った。

力尽き、その場にくずおれたアイのもとへ、アクアがかけよってくる。

「アイ！」

だんだんと意識がぼんやりしてきた。

「痛ったぁ……」

もう立ちあがることはできなそうだ。

目を閉じると、まぶたの裏にいろいろな思い出が映しだされる。

（そして……アイツに出会って……アクアとルビーを——自分の家族を……手に入れた……）

鏑木に紹介された劇団ララライのワークショップで、彼に出会った。

あの日のことは、今でもありありと思いだすことができる。

アクアとルビーが生まれた日のことも、昨日のことのように思いだせる。

ふたりと過ごした一日一日が、まるでアルバムの写真のように目に焼きついている。

「ごめんね、アクア……」

アクアががんばって傷を押さえてくれているけれど、血はとまりそうにもない。アイはできるかぎりの力で、アクアを抱きしめた。

「これ……たぶん、ダメなやつだぁ……」

一生懸命に止血しようとするアクアに、アイはやさしく語りかけた。

「……監督に……謝っといて……。ドキュメンタリー、ダメになっちゃうだろうから……」

「そんなのどうでもいい！」

「ママね……アイドルとしての幸せも……母としての幸せも……両方手に入れたんだ……」

ペンライトが咲き乱れるライブ会場で、ファンのコールをあびながら歌って踊る瞬間。

オフの日に、アクアとルビーを両腕に抱いて、うとうとと眠る甘やかな時間。

胸に浮かぶのは、幸せなシーンばかり。

その時、リビングのドアの向こうからルビーの声がした。

「……ねえ、ママ？　アクア？　そっちで何が起こってるの？」

ガラス製のドア越しに、ルビーのシルエットが見える。アクアが叫んだ。

「来るな、ルビー！」

呟きこんだアイの口から血があふれた。もう時間があまり残っていないようだ。

「……あぁ、これだけは言わなきゃ」

アイが今まで手に入れた幸せはたくさんあるけれど、でも、まだひとつだけできていないことがあった。

「アクア」

と、アイは、胸に抱いているアクアを見つめた。

「ルビー」

と、血に染まった手で、ガラス越しのルビーに触れる。

「愛してる」

涙があふれ、頬を伝った。

「ああ……やっと言えた……。ごめんね。言うのにこんなに時間がかかっちゃって」

でも、今なら自信を持って伝えられる。

「この言葉だけは……絶対、嘘じゃない……」

ドアの向こうから、ルビーのすすり泣く声が聞こえてきた。

「こんなに〝死にたくない〟と思う日が来るなんてなあ……」

目の前がだんだん暗くなっていき、わずかな息とともに、声が弱々しくなっていく。

「全部……、アイツのせいだ……」

こうしてアイは、静かにその命を終えた。

小さな子どもだったアクアとルビーは、何もできずにその場でただ泣いていた。

救急車が到着するまで、冷たくなったアイのそばで激しく泣きつづけたのだった。

アイの一件は「ストーカー殺人」と報道され、犯人の大学生・リョースケ——本名・菅野良介はその後、自ら命を絶った。しかし、アクアはリョースケを一目見て気づいたのだ。

アイを襲ったリョースケとゴローを突きおとして殺した男は、同一人物だ。

しかし、ただの学生がなぜ病院やアイの自宅住所を知っていたのだろうか。

つまり、確実に情報提供者がいる。それは。

(俺たちの……実の父親!)

アイの交友関係から考えれば、その人物は芸能界にいるはずだ。

この時から、アクアの復讐は始まったのだった。


その後、アクアとルビーは、学校に通いながら芸能界で仕事をするようになった。

所属は苺プロダクション。ただ、社長の斉藤壱護はアイの事件の後失踪してしまい、会社はミヤコが取り仕切ることに。

アクアは、子役として五反田監督の映画に出演したのをきっかけに、役者を続けていた。仕事をする中で「十秒で泣ける天才子役」の異名を持ち、アクアとの共演経験もある有馬かなや、劇団ラライ所属で天才女優と呼び声の高い黒川あかね、大人気インフルエンサーのMEMちょたちと出会っていく。

一方ルビーは、母とおなじアイドルの道へ進む。高校生になると、おなじ学校に通う有馬かな、アクアがスカウトしたMEMちょの三人で、アイドルグループの新生『B小町』を結成。着実にファンをふやしていった。

そしてある日、『B小町』のMV撮影で訪れた高千穂町で、ルビーはゴローの遺体を発見し、ゴローとアイを殺した犯人が同一人物であることに気づいたのだった。

ルビーはその時、遺体の手に握られていたキーホルダーを持ち去っていた。


アクアとルビーは十八歳になる。

アクアたちの母親である星野アイは、秘密を隠しとおして死んでいった。

ただ、アイが五反田監督に託したビデオレターには、こんなメッセージが残されていたのだ。

「この前、あなたたちのお父さんに会ったの。大人になったアクアには、話しておこうと思うんだ。あなたたちの、お父さんのこと」

長い歳月をかけた執念は、今、最終章を迎えようとしていた。

アクアが調べつづけ、たどりついた人物の名前は、カミキヒカル。

アクアたちの父親でもあり、事件の黒幕でもある男の名前。

今までかかわりを持ってきた人々に協力してもらい、カミキヒカルをワナにかける――。

それが、アクアの計画だ。

十二年後

二〇二四年。

「続いてのニュースです」

町の小さな定食屋で、食事中のサラリーマンたちがテレビを見あげていた。ちょうど昼のワイドショーが放送されている。

「十二年前に起こった、アイドルグループ・B小町のアイさんの殺害事件に関して、新たな事実が発覚しました」

あちこちの繁華街にある大型ビジョンでも、おなじニュースが映しだされていた。人々は立ちどまってそのニュースを見つめている。

「本日発売された『週刊芸能実話』によりますと、十二年前に起きたアイさんの殺害事件は、アイさんに、ふたごの子どもがいることを知ったファンが、激昂して引きおこしたものであって、この件に関して――」

画面に映るテロップには、「伝説のアイドル、B小町・アイの実子が激白」とある。

映像は、苺プロの事務所前に切りかわり、大勢の報道陣が押しよせている様子が映る。

「アイさんの実子である、俳優でタレントの星野アクアさんと、アイドルグループ『B小町』のメンバー、星野ルビーさんが、先ほど報道陣の取材に応じました」


アクアとルビーは取材を受けた。その時の映像だ。

事務所の一階エントランスからふたりが出ていくと、一斉にフラッシュがたかれる。

記者たちの口から「隠し子というのは本当ですか！」「週刊誌報道は事実なんでしょうか！」

「本当にアイさんの実子なんですか！」と矢継ぎ早に質問がとんできた。

アクアは神妙な面持ちで口を開く。

「現在、週刊誌で報道されていることは、すべて事実です」

報道陣がざわついた。

「僕たち兄妹が芸能界で活動する以上、今後この事実が明るみに出る可能性は大いにあり、その結果、さまざまな憶測によって、母の名誉が傷つけられることが予想されるため、自ら公表することを選択しました」

このニュースを、アクアの知人たちも観ていた。

黒川あかねは、ロケ地に向かうバスの中、スマートフォンでニュース配信を見つめていた。

彼女とアクアは恋愛リアリティショー『今からガチ恋♡始めます』の撮影で出会い、ビジネスカップルになって以来、持ちつ持たれつの関係を続けてきた。

あかねは徹底したプロファイリングで役作りをする役者だ。アイを調べつくして、アイになりきったこともあった。

アイの事件の黒幕がカミキヒカルだという事実にたどりついたのは、アクアよりあかねのほうが先だった。

さらに、アクアたちの母親がアイだということにも、うすうす勘づいていた。

でも、あかねが先まわりしてヒカルを殺そうとした時、アクアに見つかり、「もう俺にかかわるな」と突きはなされてしまった。それ以来、アクアとは顔を合わせていない。

有馬かなは、自宅のリビングでテレビに見入っていた。

かなは、ここ数日ずっと家に引きこもっていた。少し前にスキャンダル写真を隠し撮りされてしまったのだ。

苺プロに送られてきた記事のゲラには「未成年飲酒」「不倫」「密会」などと書かれていたけれど、どれも事実無根。飲酒も不倫もしていない。でも、こんな失敗をするなんて、アイドルにあるまじきこと。もう表には出ていけないと、かなは思っていた。

ところが、アクアたちの騒動のおかげで、かなのゴシップニュースは公表されずに立ち消えになっている。

きっとアクアが手をまわしたのだろう。まちがいない。かなを守ってくれたのだ……。

テレビの中で、記者がルビーにマイクを向けている。

「ルビーさん！　ルビーさん！　B小町の復活は、お母様の遺志を継いでということなのでしょうか？」

ルビーは、涙を浮かべて訴えた。

「私の夢は、母が立てなかった東京ドームに立つことです」

また無数のフラッシュが光り、かなはひどくせつない気持ちになってしまった。

コメントを終えたアクアとルビーは、事務所の中に引っこむ。レッスン室に入ったとたん、ルビーはアクアの頬をひっぱたいた。

「いったいどういうつもり？」

ルビーは怒りに震えている。

「ママがアイドルとして生涯貫きとおした嘘を！　こんな形で暴露するなんて！」

何も答えないアクアに、ルビーはさらにいらだったようだ。

「……これまでのアクアは、どんな時もアイが一番で、誰よりもママを大切にしてた……。でも今のアクアにとって、ママはもう道具でしかないんだね……」

「それはちがう」

「嘘つき」

「ルビー、聞いてくれ」

肩に触れようとしたアクアの手を、ルビーは思いきり振りはらった。

「触らないで！」

もう何を言っても取りあってもらえそうもない。かといって、真実を告げるわけにもいかなかった。

そんなことをしたら、ルビーは真犯人、つまり自分たちの父親に会おうとするだろう。それは危険すぎる。

「私はもう、アンタのこと、家族だなんて思わないから」

ルビーはくるりと背中を向けて、レッスン室から出ていく。

「さよなら、〝お兄ちゃん〟」

ルビーの後ろすがたは悲しげだった。

でもこの公表は、ルビーがこの先も生きていくために必要なことでもあった。

アクアにとっては、やらなければならないことだったのだ。


ニュースを観たかなは、スマートフォンでこの騒動の記事を検索し、読みふけっていた。

「アクアのヤツ、いったい何考えてんのよ」

かなは昔からめちゃくちゃ口が悪い。

今も思わず文句を口走ってしまったけれど、密かに恋心を抱いているアクアと、『B小町』で一緒にがんばっているルビーのことが、本当は心配でしかたがなかった。

それにしても、ふたりの母親が、あのアイだったなんて……。

その時、インターフォンが鳴った。ドアを開けると、ルビーがドカドカと入りこんでくるでは

郵便はがき

料金受取人払郵便

神田局承認

6237

差出有効期間
2025年
2月28日まで

101-8051

050

神田郵便局郵便私書箱4号

集英社みらい文庫

2024-2025冬読フェア係 行

12月刊

みらい文庫2024-2025冬読フェアプレゼント

抽選で **3000円分図書カード** 150名に当たる!!

応募方法 このアンケートはがきに必要事項を記入し、帯の右下についている応募券を1枚貼って、お送りください。

発表:賞品の発送をもってかえさせていただきます。

しめきり:2025年2月28日(金)

ここに応募券を貼ってね!

ご住所(〒　　－　　) ☎　(　　)	
お名前	スマホを持っていますか? はい ・ いいえ
学年(　　年)　年齢(　　歳)	性別 (男 ・ 女・その他)
この本(はがきの入っていた本)のタイトルを教えてください。	

いただいた感想やイラストを広告、HP、本の宣伝物で紹介してもいいですか?

1. 本名でOK　2. ペンネーム(　　　　　　)ならOK　3. いいえ

※お送りいただいた方の個人情報を、本企画以外の目的で利用することはありません。資料として処理後は、破棄いたします。

※差出有効期間を過ぎている場合は、切手を貼ってご投函ください。

これからの作品づくりの参考とさせていただきますので、下の質問にお答えください。

★ この本を何で知りましたか?

1. 書店で見て　2. 人のすすめ（友だち・親・その他）　3. ホームページ
4. 図書館で見て　5. 雑誌、新聞を見て（　　　　　）
6. みらい文庫にはさみ込まれている新刊案内チラシを見て
7. YouTube「みらい文庫ちゃんねる」で見て
8. その他（　　　　　　　　　　　　）

★ この本を選んだ理由を教えてください。(いくつでもOK)

1. イラストが気に入って　2. タイトルが気に入って　3. あらすじを読んでおもしろそうだった　4. 好きな作家だから　5. 好きなジャンルだから
6. 人にすすめられて　7. その他（　　　　　　　　　　　　）

★ あなたは1か月に何冊ぐらい本やまんがを読みますか?　本、まんが雑誌、コミックス(まんがの単行本)、学習まんが(歴史や伝記など)それぞれについて教えてください。 ※ほとんど読まない場合は、0冊と書いてください。

本（　　）冊　まんが雑誌（　　）冊　コミックス（　　）冊　学習まんが（　　）冊

★ あなたの友だちで、好きな本やまんがのことを話せる人はいますか?

1. いる　2. いない

★ あなたの学校には、「朝読」などの決められた読書の時間はありますか?

1. ある（週　　回）　2. ない

★ 上の質問で「1. ある」と答えた人にお聞きします。学校の読書の時間では、どんな本を読むことが多いですか?

1. 家から持っていった本　2. 学校の図書館で借りた本
3. 町の図書館で借りた本　4. 学校用タブレットに入っている本
5. その他（　　　　　　　　　　　　）

★ この本を読んだ感想、この本に出てくるキャラクターについて自由に書いてください。イラストもOKです♪

ないか。スーツケースを引き、手には大きなうさぎのぬいぐるみを抱えている。

「ちょっ、ルビー、どうしたの!?」

「家出だよ。アイツとおなじ空気吸いたくない」

かなには、かける言葉が見つからなかった。

☆

アクアは淡々と計画を実行していく。

次にすべきは、壱護に会うことだ。

アクアもルビーも、失踪した元社長・斉藤壱護の居場所をすでに突きとめていた。彼がよく出没するのは、とある街の釣り堀だ。今まで何度か足を運んだことがある。

その日も壱護は、釣り池のほとりに置いた椅子に座り、ぼんやりと釣り糸をたれていた。しかしアクアを見るなり立ちあがり、胸ぐらにつかみかかってきた。

「おまえ、よく俺の前に顔出せたな?」

アクアは無言のままうつむいた。

「アイの墓暴くようなことしやがって！　いったい何が目的だ⁉」

「アンタとおなじだよ」

「あ……？」

「アイが死んでからずっと、復讐の機会をうかがってきた」

胸ぐらをつかんでいた壱護の手がゆるみ、離れる。

アクアは子どものころから今まで、ずっと真犯人さがしに奔走していたのだった。

アイの携帯電話のパスコードを、何年もかかって探りあてた。登録されている連絡先を調べ、疑わしい人をリストアップした。そしてDNA鑑定に使えそうなものをこっそり手に入れた。

「俺が芸能界に入ったのは、アイを死に追いやった真犯人をさがすためだ。ようやく見つけたんだよ」

アクアのただならぬ様子に、壱護はたじろいで少し後ずさった。

「あのストーカーに住所を教え、アイを殺すように指示した人間を……俺たちの父親を」

ずっと昔、公衆電話で誰かと話しているアイを見たことがある。

——子どももけっこう大きくなったし。一度会ってみない？　新しい住所はね〜……。

アクアに気づいたアイは、唇の前に人差し指を立て、「しーっ」という仕草をした。

あの電話の相手は、まちがいなくアクアたちの父親だ。

「……誰だ！」

壱護が激しくつめよった。

「言えばアンタは今すぐにでも殺しに行く」

「当たり前だろ！　アイを殺したやつが、今ものうのうと生きてるなんて！　許せるわけねえだろ!?」

「……ただ殺すだけで済ませるつもりはない」

アクアは冷たい声でそう言った。

「は……？」

「カードはすべてそろった。アイツが一番苦しむやり方で、徹底的に追いこむつもりだ」

壱護が、いぶかしげな表情を浮かべる。

「おまえ……何企んでんだ？」

「アンタにも協力してほしい」

斉藤家はすっかり寂しくなってしまった。夜になっても、家にいるのはミヤコだけだ。ルビーはかなのところで居候を決めこんでいるし、アクアは仕事やら何やらで家をあけることも多い。

しかたがないので、ミヤコはますます仕事に打ちこんだ。

その日も夜遅くまでノートパソコンを広げていると、インターフォンが鳴った。ミヤコは、ちらりと時計を見てぼやく。

「なんなの、こんな時間に……」

面倒くさそうに立ちあがって玄関に向かい、ドアを開けた。

するとなんと、そこにいたのは、何年もすがたを消していた壱護だ。ばつが悪そうな顔をして立っている。

ミヤコは驚いて目をまるくし、しばらく壱護を見つめた後、思いきりビンタをした。

「〝世界で一番きらびやかな景色を見せてやる〟……そう言ったのはあんたでしょ！　勝手にあきらめて……」

胸ぐらをつかんでそう言うと、がばっと抱きつく。

「今までどこほっつき歩いてたのよ！」

「……すまん」

「私はまだあきらめてないんだからね……」

涙が頬を伝った。言いたいことは山ほどあったけれど、これからゆっくりと話せばいい。

ミヤコはそう思い、少しやつれた壱護の体をしっかりと抱きしめた。

そしてここにも、着々と準備を始めている男がいた。
うす暗い仕事部屋で、五反田はパソコンの画面に見入っていた。
映っているのは、アイの映像。B小町のドキュメンタリーを撮影していた時の素材だ。
《本当の私を、撮ってください》
映像の中のアイが、五反田を力強く見つめてそう言った。
「ようやく、おまえとの約束を果たす時が来たみたいだな」
五反田は、ぶ厚いコピー用紙の束を手に取り、とんとんと机の上でまとめた。

映画の台本だ。

その表紙には、こんなタイトルが印刷されている。


『15年の嘘（仮）』


その数日後、アクアと五反田は、台本とノートパソコンを持ち、ある場所へ向かった。

鏑木プロデューサーの事務所だ。

すでに顔なじみのふたりは、鏑木の仕事部屋に通された。アクアは打ち合わせ用のテーブルの前に座ったが、五反田はどうにも落ち着かないらしく、おなじ場所を行ったり来たりしている。

鏑木は受け取ったコピー用紙の台本のページをぺらぺらとめくる。ひととおり読みきると、こう言った。

「……正直、難しいんじゃないかな」

「どうしてですか？」

アクアには納得がいかなかった。

「事件を憶測で語りすぎてる。下手したら、方々から訴えられかねないよ」

鏑木事務所
— KABURAGI OFFICE —

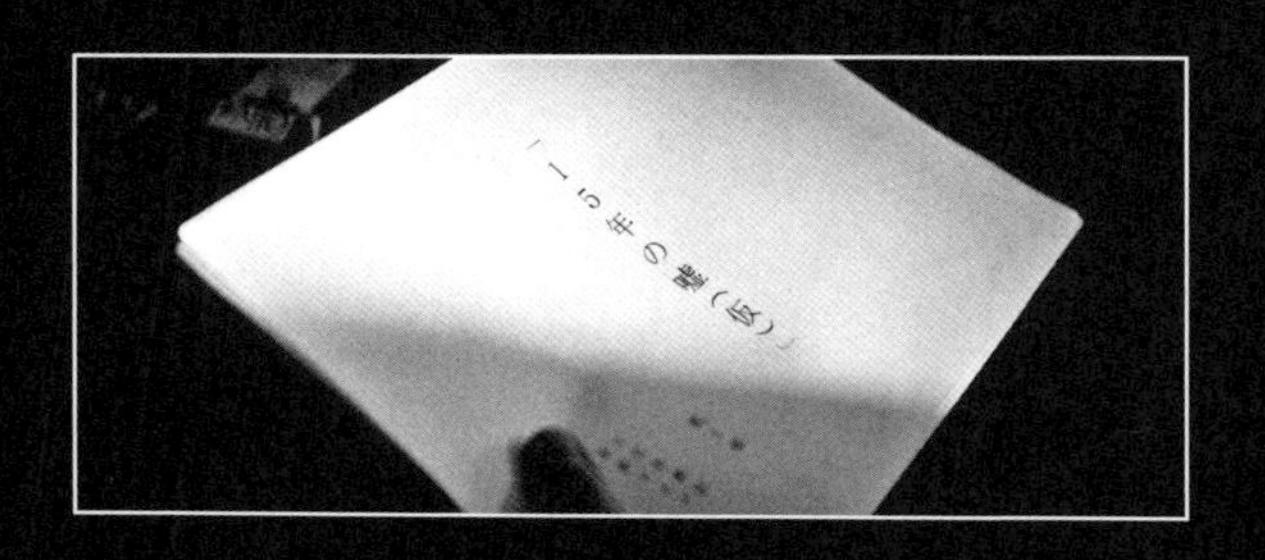
「一5年の嘘（仮）」

「もちろん、脚色はしています。でも、この台本に書かれていることのほとんどは、アイ本人の口から語られた事実です」

「……どういうこと？」

眉根をよせる鏑木に、五反田は、持参したノートパソコンの画面をくるりと向けた。

鏑木の目の前で、アイがカメラに向かってひとり語りをする動画が再生される。それは、アイがアクアに宛てたビデオレターだった。

《この前、あなたたちのお父さんに会ったの。大人になったアクアには、話しておこうと思うんだ。あなたたちの、お父さんのこと。お父さんは――》

五反田が動画を停止すると、アクアは言った。

「アイが残したDVDは二枚。これは僕宛ての一枚です。名前こそ明らかにされていないものの、真犯人に関する証言が残されている」

鏑木は困惑しているようだったが、アクアは続けた。

「そしてこの脚本を書いたのは、生前のアイから、唯一僕たちの存在を知らされ、このDVDを託された五反田監督と、アイの実の息子である……僕です」

そう、アイは、五反田にだけは「本当の私」を――アクアとルビーの母であるということを打ち明けていたのだった。

鏑木は頭の中を整理するかのように椅子から立ちあがり、窓際へと歩いていく。

「……五反田くんも俺も、キミに踊らされてる気がしなくもないけど……」

鏑木の中で、覚悟が決まったらしい。くるりと振りかえり、アクアの目を見つめる。

「わかった。この映画は、俺が引き受けよう」

成功すれば金になると踏んだのだろう。けれど、内容が内容だけに難しい作品だ。それでも引き受けるのは、ひとえにプロデューサーという仕事への強い情熱があるからだ。

アクアは、ほっとして頭を下げる。

「ありがとうございます」

「資金集めが難航しそうなぶん、主演は盤石の人気キャストにする必要がある。片寄ゆらなんかどうだろう」

鏑木は、持っていたタブレットをタップし、片寄ゆらのプロフィール写真を表示させた。ゆらは、実力があり、今最も人気のある若手女優のひとりだ。

しかし五反田は首を横に振る。

「いや、アイ役には星野ルビーを押したいと思ってる」

その言葉に一番驚いたのはアクアだった。五反田の胸にそんな思惑があるなんて、一言も教えてくれなかったのだ。

鏑木の事務所を出てからも、アクアの動揺はおさまらなかった。

「アンタ、正気か？」

五反田の後ろを追いかけ、強い口調でつめよっていく。

「ルビーにアイの死を追体験させるなんて、絶対にありえない。この件にアイツは関係ないんだ」

五反田が立ちどまる。

「俺はこの映画で、〝本当の星野アイ〟を描きたいんだよ。アイも、それを望んでるはずだ」

きっぱりとそう言い、アクアを置いて行ってしまった。

映画の台本はすぐに苺プロにも送られた。ミヤコと壱護は台本を読むなり激怒し、アクアを仕事部屋に呼びだした。

「勝手に隠し子だって暴露されて、その上〝アイ役を演じろ〟だ？　どこまであの子を傷つけたら気がすむの⁉」

そう言うと、ミヤコは台本をアクアに投げつけた。紙を束ねていたクリップがはずれ、バラバラになった紙が宙を舞う。

「私は苺プロの社長である前に、アンタたちの親代わりなのよ……。こんなのやらせるわけないでしょ」

怒ったミヤコは部屋を出ていってしまった。

残された壱護は、深いため息をつく。

「俺もミヤコと同意見だ。ルビーを巻きこむのはやめろ」

「安心してくれ。アイツを巻きこむつもりはない。俺ひとりで十分だ」

動きだしたこの計画をとめることはできない。

いや、とめる気はなかった。

すべてが始まる前に、アクアはアイの墓参りをした。花束と線香を供え、手を合わせる。

「俺は、自分の使命をまっとうする。見守ってくれ」

アイの墓に語りかけ、ゆっくりと目を開く。

アクアの使命は、復讐だ。

鏑木は首尾よくキャスティングの手配をしてくれた。

「いちおう、主演候補の女優には、何件か打診しておいた。片寄ゆら」

鏑木の事務所で、アクアと五反田はミーティングを行っていた。テーブルの上には、候補になっている女優のプロフィールが広げられている。

「不知火フリル」

フリルは、ルビーの高校のクラスメイト。歌もダンスもできる、クールなイメージの人気女優だ。

「黒川あかね。いちおう星野ルビーにもね。光の速さで断られたけど」

当然だろう。あんなに怒っていたミヤコが出演させるはずない。五反田は、希望が叶わずにがっかりしているようだった。

「真犯人役はキミにオファーする。いいね？」

あらためて鏑木にそう言われ、アクアはうなずく。

「もちろんです」

これは最初から決めていたことだ。

息子であるアクアが父親役を——真犯人役を演じる。

もちろん「カミキヒカル」という名前は伏せ、台本は「少年A」として執筆した。それでも気づく人は気づき、彼は世間から糾弾されるだろう。

何よりも、映画を観たヒカル本人は確実に気づくし、追いつめることができるはずだ。

「第一候補の片寄ゆらは、事務所もかなり乗り気なんだけど……おとといから本人と連絡がつかないらしいんだよ」

鏑木が首をひねり、アクアと五反田は顔を見合わせた。

何かあったのだろうか？


そのころ、片寄ゆらは、木々の生い茂る深い山の中にいた。

ただ、もう息はしていない。

ちょろちょろと流れる沢のかたわらで、リュックを背負ったまま頭から血を流して倒れている。

彼女のスマートフォンも沢の水に浸かっていた。

ゆらの死体のすぐ横には岩場があり、彼女はそこから落ちたのだった。

岩場には、黒い革のコートを着た男が立っている。

「僕のせいだ……」

男は死体を見おろしてそう言った。彼の金髪に近い髪色は、アクアたちの髪色とよく似ている。

「キミの命には大きな価値があったのに……奪っちゃった」

うっすらと微笑み、彼は遠くを見つめた。

「僕の命に重みを感じる」

彼の名前はカミキヒカル。

神木プロダクションの代表取締役だ。

彼こそが、リョースケを操り、ゴローとアイを死に追いやった張本人だった。

それぞれの決意

【OSHI NO KO】

『B小町』の三人は次のライブに向け、スタジオでダンスの練習をしていた。

かなにもルビーにも大きな事件が起きたばかりだったけれど、三人はいつもと変わらない時間を過ごしていた。

ところが、かなのある発言で、雰囲気が一変する。

レッスンが終わり、三人がスタジオのすみで休んでいる時だった。突然かなが立ちあがり、あらたまった様子でふたりのほうを向いた。そして、重大な決心を告げたのだ。

それを耳にしたルビーとMEMちょは、思わず大声で叫んでしまった。

「「ええ!?」」

「え、ちょっと待って、かなちゃん。〝やめる〟ってどういうこと?」

MEMちょがうろたえてたずねると、かなはきっぱりと言う。

「アイドルを、『B小町』を、やめるってことよ」

ルビーはショックで凍りつき、「なんで……？」とかなを見あげる。

「事務所にもふたりにも、いろいろ迷惑かけたし」

「そんなの気にしてないって！」

MEMちょがもどかしそうに立ちあがった。

ルビーだって気にしていない。これからも『B小町』は三人で続けていきたいと思っている。

センターのかながいなくなるなんて、考えられなかった。

でも、かなの決心はかたいようだ。

「何より〝もっと芝居がしたい〟って思ったの。私は、スポットライトのあたるステージじゃなくて、芝居の現場にいたい」

かなは、すがすがしい微笑みを浮かべる。

「ふたりには本当に感謝してる。私は……『B小町』を卒業します」

ルビーとMEMちょが何を言おうと、かなの決心はくつがえらないだろう。

練習用のウェアから普段着に着替え終わると、かなは「おつかれ」と言って先にスタジオを後にした。

ルビーは、頭では納得していたものの、やっぱり寂しくて気が抜けてしまう。更衣室のテーブルにつっぷしてどんよりしていた。

「ルビー、そろそろ帰るよ」

MEMちょに声をかけられたけれど、今はひとりでいたい気分だった。

「ごめん、もう少しここにいる……」

そう答えると、MEMちょはやさしくうなずいた。ルビーとかなよりずいぶん年上のMEMちょは、いつだって気持ちを察していたわってくれる。

「そっか。じゃあ、お先」

MEMちょは静かに更衣室を出ていった。

それからしばらくひとりでうなだれ、スタジオを出たルビーは、駐車場へと向かう。とぼとぼと歩いていると、見知らぬ男がルビーを待っていた。

「よう」

「……誰？」

ルビーがけげんそうな顔をすると、男はあきれたように名乗る。

「五反田だよ」

「あー！　映画監督の！」

ぜんぜん見知らぬ男なんかじゃなかった。ルビーがすっかり忘れていただけだ。

「台本、読んだか？」

「台本……？」

なんのことだろうととまどうルビーに、五反田はコピー用紙の束を手渡したのだった。

☆　☆　☆

黒川あかねのもとに、ある映画の主演の話が舞いこんできた。

タイトルは『15年の嘘（仮）』。五反田監督の作品で、アクアとの共同脚本。オファーされたのは主人公のアイ役だ。

あかねはとまどいながら台本を開いたが、読めば読むほど、胸に違和感がわきあがってくる。演技には自信がある。自分にならうまくこの役を演じることができるだろう。でも……求められているのは、そういうことではないような気がする。

あれこれ考えたあかねは、ルビーに会うことにした。彼女に連絡して、劇団ララライの稽古場に来てもらった。

ルビーは時間どおりにやってきた。

「あかねさん」

平台に座って台本を読んでいたあかねは、振りかえって立ちあがる。

「ごめんね、忙しいのに時間つくってもらっちゃって」

「用ってなんですか？」

突然呼びだされたルビーは、ひどくとまどっているようだ。

「役作りに協力してほしいの。私の芝居、見てもらえるかな？」

ルビーはあかねの意図をさぐるように見つめている。

あかねは穏やかに微笑むと、さっそく平台の上に立った。

台本は何度も読んだ。アイは何を思ってこのセリフを口にしたのだろう？　この時のアイの感情は？　何度も考えた。

深呼吸をして、演技を始める。

《つまり、お母さんはいつまでも女だったんだよね。母親になれなかったの。男が好きで、女が嫌いで……》

親に捨てられた寂しさや恨み。そういったものをセリフに乗せて表現する。

《だからかな？　お母さんが私を迎えに来てくれなかったのは……》

すると、みじろぎもせずあかねを見つめていたルビーが、ぽつりと言った。

「……なんか、ちょっとちがうかも」

はっと素に戻って、あかねはたずねる。

「どんなふうに？」

「母親に見捨てられた子どもは……今がどれだけ幸せでも、一生その事実にとらわれつづける」

ルビーは、一生懸命に言葉をさがしているようだった。まるで実際に見捨てられた経験があるみたいだ。

「だからママは、なんでもないことのようにふるまってたんじゃないかな……。自分の心を守るために……」

「やって見せて」

あかねが台本を差しだすと、ルビーは平台に上がり、恐る恐るそれを受け取った。それからセリフに目を通して深呼吸をひとつすると、顔を上げた。

《だからかな？　お母さんが私を迎えに来てくれなかったのは》

あかねは驚いてしまった。ルビーの演技は、自分の演技プランとはまったくちがっていたのだ。ルビーが演じるアイは、寂しいセリフを口にする時でも悲愴感がない。あっけらかんと〝なんでもないことのように〟話す。

ところが、アイが息を引きとるシーンに近づくにつれ、だんだんと様子が変わってきた。

《ママはね……アイドルとしての幸せも、母としての幸せも……両方手に入れたんだ》

ルビーは涙を流しながら、がっくりとひざをつく。

《こんなに、死にたくないと思う日が来るなんてなあ……全部、アイツのせいだ……！》

憎しみに満ちたルビーの瞳から、ぽろぽろと大粒の涙が落ちていく。

それは、アイを演じているようにも見えるし、ルビー本人の憎しみがあふれでてしまったようにも見えた。

平台の上にへたりこみ、ハンカチで涙をふくルビーに、あかねは言った。

「最初に台本を読んだ時、〝こんな映画、つくるべきじゃない〟って思ったの」

あかねの言葉を、ルビーはだまったまま、うつむいて聞いていた。

「でもこの映画が世に出れば、アイさんを殺した真犯人を必ず追いつめることができる」

ルビーの眉がぴくりと動く。アクアは真犯人の正体にたどりついているが、ルビーはまだ何も知らないようだ。表情がそれを物語っている。

「アクアくんは、最初からそのつもりでこの企画を立ちあげたんだと思うの。だから、私はこの役を、完璧に演じたい」

「……そんなの無理だよ」

さっと顔を上げ、ルビーは言った。

「赤の他人に、ママの本当の苦しみや無念を理解できるわけがない……」

ルビーは立ちあがり、きっぱりと言い放つ。

「この役は、私がやるべきだと思う」

「演技未経験のルビーちゃんに、私よりいい芝居ができると思う？」

「……思わない。でも、ママとせんせの仇を取るのは……アイツに復讐するのは！　私じゃなきゃ絶対ダメなんだよ！」

あかねの胸にあった違和感がすうっと消えていく。おなじことを、あかねも思っていたのだ。

この役は、ルビーが演じるべきだ。

ルビー以外に、アイを演じられる人はいない。

脚本を納得いくまで練りなおしていた五反田は、ようやく最後に「おわり」と打ちこんだ。

「脚本・監督　五反田泰志」「決定稿」と記された台本は、鏑木がチェックし、映画制作委託契約書にハンコが捺された。これでプロデューサーの承認がおりたことになる。

撮影、照明、録音、衣装、大道具や小道具などのメインスタッフたちも決まった。

美術スタッフを集めた会議では、家の間取り図や外観写真、包丁、白い花束のレプリカなど、見本となる素材が集められた。五反田が図面を見せながらみんなに説明する。

「今回は実際にあった事件をもとに制作していきます。リアリティには徹底的にこだわりたいと思ってる。まずは、一番重要なポイントになる星野家。ここからつめていきましょう」

肝心のアイ役が決定しないまま、制作は進んでいった。


アクアのもとにも正式な台本が届いた。束ねたコピー用紙ではなく、きちんと製本され、タイトルから「(仮)」が取れたものだ。

本当にこれでいいのだろうか。

今さらながら心がゆれはじめてしまった。アクアはとまどいを抱きながらも、あかねに連絡してみることにした。あかねなら、今の自分にたりていない部分を見つけてくれそうな気がしたのだ。

夜にもかかわらず、あかねは待ち合わせ場所に来てくれた。隅田川沿いの遊歩道には、うっすらと夜のにおいが漂っている。

「悪かったな、こんな時間に呼びだして」

「〝二度とかかわるな〟って言ったくせにね」

ふたりで川沿いの柵によりかかり、向こう岸を眺める。並び立つビルやマンションの明かりがきれいだ。

「ルビーちゃんに会ったの。〝この役は私がやるべきだ〟って言ってた」

「……アイツを巻きこむつもりはない」

「キミから連絡が来て、すごくいやな未来が思いうかんだ。映画が失敗したら、キミは自分の手を汚すつもりでしょ？」

心を読まれたような気がして、アクアはだまってうつむいた。

「そんなことになったら、ルビーちゃんはまちがいなくアイドル生命を絶たれてしまう。その先も、殺人犯の妹として生きていくことになる」

あかねは、アクアのほうを見つめて激しく訴える。

「キミが、ルビーちゃんにそんな悲しい想いをさせるわけがないよね？」

アクアには何も答えられなかった。

「だから、この映画は必ず成功させなきゃいけない。キミが直接手を下すようなことだけは、私が阻止する」

あかねは「じゃあね」とその場を立ち去った。

ひとりになったアクアは、ぽつりとつぶやく。

「もう……とまれないんだよ……」

あかねがアクアたち兄妹の心配をしてくれているのは、よくわかっている。

でも、もうとまることはできないのだった。さりなのためにも……。

そう、アクアはルビーの前世がさりなであることに、ずっと前から気づいていたのだった。

正式に出演が決まったキャストたちの衣装合わせが始まった。

いろいろな俳優用の衣装がハンガーポールにずらりとかけられた部屋は、まるでアパレルショップのようだ。ここで俳優とスタッフたちが衣装の確認をする。

かなもB小町のメンバーを演じることが決まったため、その日は部屋に来ていた。ライブシーン用の衣装を試着して、衣装スタッフが細かいチェックをする。

その様子を、五反田とアクアが見ていた時、部屋に鏑木が入ってきた。

「ちょっと」

呼ばれた五反田とアクアがろうかに出ると、鏑木は言った。

「昨日の夜遅くに、マネージャーから連絡があったよ。黒川あかねがアイ役を辞退するって」

五反田が驚く。

「苺プロからも連絡があった。星野ルビーが〝どうしてもこの役をやりたい〟と言ってるそうだ」

「じゃあアイの役は……」

「星野ルビーに決定だ」

五反田が小さくガッツポーズをつくった。初めからそのつもりで脚本を書いてきた五反田にとっては朗報だった。

アクアの心境は複雑だったが、もう引きかえすことはできない。

その後、あかねはB小町のメンバー役としてキャスティングされることになり、全出演者が決定。満を持して、この映画についての情報がマスコミにリリースされた。

伝説のアイドル・B小町の実録映画『15年の嘘』制作決定

ニュースは瞬く間にウェブをかけぬける。

もちろん、カミキヒカルもこのニュースを目にしていた。

タブレットをスクロールしながら、まるで他人事のようにつぶやく。

「へぇ……。楽しみだなー」

ヒカルはやわらかく微笑んだ。


映画はいよいよクランクイン。今日から撮影開始だ。

「ルビーさん、入られまーす」

ランキング NEWS SONGS REPORT ORIGINAL INFORMATION
伝説のアイドル・B小町のアイの実録映画『15年の嘘』制作決定 アイ役は実子の星野ルビー
15年の嘘
この記事の画像を見る
■「お母さんが大切にしていたもの、この映画を通して伝わってくれたらうれしいです。」（B小町・星野ルビー）

ルビーはスタッフに先導されて、壱護と一緒に撮影現場に入った。アイとおなじ黒髪ロングのウィッグをつけ、見た目もすっかりアイらしく仕上がっている。

これから撮影するのは、カフェでアイが壱護にスカウトされるシーンだ。

「今日からよろしくお願いします」

壱護が五反田に挨拶すると、となりにいたルビーも一礼する。

「緊張してるか？」

五反田がルビーを見おろしてたずねた。

「んー……そんなに？」

ルビーは意外とけろりとしている。そのすがたが、かつてアイが初めて現場に来た時のすがたに重なり、五反田は思わず笑ってしまった。

「じゃあ、よろしく」

ルビーより、むしろ付き添いで来た壱護のほうが緊張しているようだ。

「ではみなさん、本日、『15年の嘘』、クランクインです！　よろしくお願いします！」

かけ声とともに、あたりから「よろしくお願いします」と声が上がる。

撮影現場では、カメラで撮っている映像を、監督がモニターで確認しながら進める。壱護とアクアも監督の後ろに立ち、一緒にモニターをのぞきこんだ。

ルビーは指定されたテーブルにつくと、手に持っていたキーホルダーを強く握りしめた。

アイの写真の横に「アイ無限恒久永遠推し!!!」と書かれたキーホルダー。これは、いわばお守りだった。

「よーい、はい!」

カチンコが鳴った。

ルビーが演じるアイは、カフェにいる。
壱護役の俳優と向かいあって座り、名刺をじっと見つめる。
《アイドル? 私が? ウケる》
《キミなら確実にセンターを狙える。俺が保証する》
ルビーはうっすらと笑い、名刺を壱護役に突きかえす。
《やめといたほうがいいと思うな~。私、施設の子だよ?》
《まあ、そういう生い立ちもひとつの個性だ。そもそもアイドルなんて、まともな人間がやる仕事じゃないからな。むしろ向いてるんじゃないか?》

《でも私、人を愛した記憶も、愛された記憶もないんだよ？》

ルビーの演技を、壱護はモニター越しに見ていた。

あの日の情景がよみがえってくる。まるで昨日の出来事のようだ。

テーブルの上の抹茶ラテ。ちっともおしゃれな服を着ていないのに、輝くオーラを放つアイ。

あの時、アイがどんな表情をしていたか。どんな声で身の上を語ったか。

壱護は全部覚えていた。

モニターの中のルビーが、だんだんとあの時のアイに見えてくる――。


『でも私、人を愛した記憶も、愛された記憶もないんだよ？　そんな人間が、みんなから愛されるアイドルになれると思う？　ファンを愛せるわけないよね？』

アイはそう言った。

かわいそうな生い立ちの話をすれば、すぐにあきらめてくれると思ったのだ。それなのに壱護は、とまどったり同情したりする様子もなく、アイをじっと見つめてくる。

『俺には、〝本当は誰かを愛したい〟って言ってるように聞こえるけどな』

それを聞いて、はっと息をのんだ。心を見透かされたような気持ちになった。

そうしてアイは、壱護の言葉を信じて芸能界に入り、アイドルになったのだった。

ある日、アイは劇団ララライのワークショップに参加し、ひとりの少年に出会った。

『はい。じゃあ次、アイ』

演技の稽古なんて面倒くさくて、ちっとも乗り気じゃなかった。

劇団主宰の演出家・金田一に呼ばれ、アイは返事もせずに立ちあがる。今稽古しているシーンは、男女ペアになってかけあいをする。相手役の名前が呼ばれた。

『ヒカル』

『はい』

少年が立ちあがった。

彼の名前はカミキヒカル。

髪の色は金髪に近く、きれいな顔立ちをしていて、ちょっと冷たい瞳をした少年だ。アイより年下らしい。

ふたりは決められた立ち位置につくと、視線を合わせる。

アイは何か特別なものを感じたけれど、それがなんなのかはわからなかった。

ただ、それまで興味がわかなかった芝居の稽古が、少しだけ楽しく思えるようになった。

お昼の休憩時間になり、アイはろうかの自動販売機で紙パックのジュースを買う。ミヤコに持たされたお弁当をどこかで食べようとろうかを歩いていると、ヒカルのすがたを見つけた。

ひとりぼっちで階段に座り、ペットボトルの水を飲んでいる。

『ごはん食べないの？』

近づいて話しかけてみる。ヒカルが持っているのは水だけだ。

『持ってきてない』

『じゃ、あげる』

アイはトートバッグから紙袋を出してヒカルに押しつけ、となりに座った。紙袋の中身は、手作りのおにぎり。ヒカルは中をのぞくと、ためらわずにおにぎりを取りだして言った。

『キミは食べないの？』

『うん。社長さんの奥さんに持たせてもらったんだけど、実は、お米って苦手なんだよね』

『なんで？』

『お米って柔らかいじゃない？　だから、もし、砂とかガラスが交ざってて、ガリッてなったら怖いから』

小さかったころ、そういう目にあったことがある。母親の投げたコップの破片が入っていたり、床にぶちまけられたごはんを食べなくちゃいけなかったり。

でも、アイはその記憶のことも、「お米が苦手」ということも、ほとんど人に話したことはなかった。どうして今は話す気になったのだろう。

『……そう』

ヒカルは、ぼそっとあいづちを打つと、突然、アイの頬にキスをした。

『……え？』

『お礼』

驚いて目をまるくしているアイを気にもとめず、ヒカルはおにぎりを食べはじめる。

とても変わった子だな、とアイは思った。何を考えているのか、いまいちつかめない。

だからこんなに興味がわくのかもしれなかった。


それからしばらくたった夜、稽古場の近くで、車の助手席に座っているヒカルを見た。

（あ、あの子だ……）

車はなぜか人気のない場所に停めてある。運転席にいる女性は、ヒカルよりもずっと年上……

三十代ほどに見えた。ヒカルに何か話しかけている。

ヒカルもアイに気づいたらしく、フロントガラス越しにこちらを見ていた。

その直後、運転席の女性がゆっくりと動いた。

彼女はヒカルの髪をなで、頬に触れ、顔を引きよせると、長いキスをしたのだ。

(え……)

ヒカルはアイのほうをじっと見つめ、されるがままになっている。感情を捨て去ったような、うつろな瞳。そういう表情を、アイは知っていた。

自分の心を守るために、なんでもないことのようにふるまう……そういう時の表情だ。


アイとヒカルは、人目を忍んで会うようになった。誰にも見られないように、こっそりと。

稽古場の倉庫に並んで寝ころび、ふたりはぼうっと天井を見あげる。

『ねえ……』

アイがささやくと、ヒカルはぽつりと返す。

『何?』

アイは体を起こし、ペットボトルの水を一口飲んだ。

『キミは誰かを愛したり、愛されたことはある？』

『一度もないかな』

『おなじだ—』

きっとヒカルが自分と似ているから、こんなに親近感がわくのだ。

ヒカルも体を起こす。アイがペットボトルを手渡すと、ヒカルは口をつけずにしばらくぼんやりとそれを眺めた後、勢いよく投げすてた。

ペットボトルは壁にあたって音をたて、床に転がる。

『私たちは空っぽで、こういう形でしか他人と交われないのかもね』

ヒカルは何も答えない。ペットボトルからこぽこぽとこぼれだす水を、じっと見つめている。

なぜかアイは、こうして一緒にいられる時間が嬉しかった。


ある日、アイは体の異変に気づいた。壱護たちに打ち明け、東京から遠く離れた宮崎県の病院に行くことになった。

予想したとおり、アイはみごもっていた。誰が何と言おうと、赤ちゃんを産むつもりだ。

アイドルとしての幸せと、母親としての幸せ。両方とも手に入れたいから……。

入院の相談を終えて、宿泊先のビジネスホテルに戻る。アイは部屋に入るなり、ベッドにあお向けに寝転がって、ゆっくりとお腹をなでた。

芽生えたばかりの命が愛おしくて、思わず微笑んでしまう。

それから携帯電話を取りだし、ヒカルに電話する。

『もしもし？　今、病院から帰ってきたよ〜』

——そう
『赤ちゃん、ふたごだった』

家族がふたりもできるなんて、アイにとっては嬉しいビッグニュースだ。

けれど、電話の向こうは無言。返事がない。

『いろいろ考えたんだけどさ……』

アイにはほしいものがある。嘘なんかではなく本当の「愛してる」を言える相手。でもヒカルにとってはどうだろう。ただ重荷になるだけかもしれない。

きっとそうにちがいなかった。

アイはどこか遠くを見つめると、覚悟に満ちた声で言った。

『私ひとりで育てるよ』

――え……？

『こっちは大丈夫だから。じゃあね』

アイは電話を切った。

アクアとルビー。ふたりの子どもと暮らす毎日は、幸せにあふれていた。

どんなに仕事が忙しくても、たとえB小町のメンバーとうまくいかずに孤立してしまっても、家に帰ってふたりの顔を見ると、ほっと心が落ち着く。

子どもたちがぐずったり熱を出したりと、大変な日もあったけれど、ミヤコたちのサポートもあり、ふたりはすくすくと育っていった。

こんな幸せをひとりじめするのは、ヒカルに申し訳ないんじゃないかな……。

そんな気持ちになったアイは、ある日、ヒカルを呼びだしたことがあった。

身バレしないように帽子をかぶってサングラスをかけ、レトロな喫茶店のソファに座る。クリームソーダを飲みながら待っていると、しばらくしてヒカルがやってきた。

彼はアイの後ろにある席の、アイとは背中合わせになるソファに座った。

『子どもたちに一度会ってみてほしい』

シルビア

アイは、前を向いたまま、後ろにいるヒカルに話しかける。

『……どうして？』

ヒカルも振りかえらずに答えた。

『私が子どもたちに感じた感情を、キミにも感じてほしいなーって』

『感情って？』

『ん―――……。あんまりうまく言えない』

誰かを愛したことも、誰かに愛されたこともない自分が、ずっとずっと求めていた〝何か〟。

子どもたちが生まれて、その〝何か〟を手に入れることができた。

空っぽだったアイの心が、温かいもので満たされた。

だから、おなじ空っぽな心を持つヒカルにも、味わってほしかったのだ。だけど。

『たぶん……僕には必要ないかな』

ヒカルは席を立ち、店を出ていく。

『そっかー……』

残されたアイは弱々しく微笑む。

自分でも驚くほどに悲しくて、しばらく立ちあがれそうにもなかった。

一方、喫茶店を出たヒカルは、携帯電話を手に話しだした。

『ひさしぶりにアイに会ったよ』

電話の相手は、リョースケ。

アイを殺すことになる大学生だ。


台本上では、ヒカルの名前は伏せられ「少年A」とされていた。

「少年A」を演じるアクアが、舞台となる東京湾近くの高架下で、携帯電話を手にしている。

《そう、キミの心をふみにじった、あの女だよ》

アクアの演技は殺気を帯びていた。穏やかな笑みとやわらかい声、その裏にひそむ冷酷さ……

まるでヒカルが乗りうつったようだった。


「カット！」

五反田の合図で、メイクスタッフたちがアクアのもとにかけよる。カメラがとまっても、アクアの体からは、まだヒカルが抜けていないように見えた。

五反田は正直驚いていた。

アクアの芝居は、子役だったころからずっと見てきた。しかし、今回の芝居は今までとは少しちがっていたのだ。

撮影は順調に進んでいく。

雨の高速バスターミナルで、「少年A」がリョースケをあおるシーンの撮影が始まった。今回は携帯電話での会話ではなく、目の前にいるリョースケ役をそそのかす。

立ち位置に向かうアクアに、五反田は言った。

「いいな。嘘を真実だと思わせる力。人をだます目。おまえが演じているのは、他人を操り、他人の人生を壊す異常者だ。あのストーカー野郎に、本気でけしかけろ」

五反田に送りだされ、アクアはリョースケ役の俳優とともに立ち位置につく。

「本番いくぞ！」

カメラや照明、マイクがスタンバイし、スタッフたちが声を返した。

「よーい！　はい！」

カチンコが鳴る。

雨が降りしきる中、アクアの演じる「少年A」は、やさしい声で言う。
《アイ、笑ってた。私はアイドルとしての幸せも、母としての幸せも、両方手に入れたんだって》
アクアはあの日――ゴローだったあの日、病院の屋上でアイがやってみせたように、左右のてのひらを上に向けて開き、それを胸の前でそっと閉じる。
《アイは、大勢のファンを裏切って、キミの心をズタズタに傷つけた》
リョースケの胸に手をあて、さも彼の理解者であるかのようなふりをする。
《そのうえ、アイツはキミを殺人者にして、キミの人生を壊した……》
ゴローを転落死させたことに触れて、リョースケのほうが被害者であると信じこませる。こうやって相手を取りこんでいく……「少年A」らしいやり方だ。
《自分だけ幸せになるなんて、許されるわけがないよね？》
リョースケが、おどおどとうなずいた。
《アイは罰を受けるべきだ。すべてを失うほどの》
「少年A」は、フードをかぶったリョースケの顔をのぞきこみ、笑いかける。
《キミにはアイを罰する権利と義務がある》

そう言うと、はげますようにリョースケに向かってうなずき、雨の中を歩きだす。

「カット！」

五反田の声が響き、スタッフたちが動きだす。

アクアは足をとめ、その場で呆然としていた。

ヒカルは自分の父親。しかもゴローとアイを死に追いやった張本人だ。演じるたびに神経がすりへっていく。

それでも演じなければならなかった。

これは復讐なのだから。


撮影が進む中、プロデューサーの鏑木は、ホテルのラウンジレストランで、とある人物に会っていた。

「まさか、出資に名乗り出てくれるとはね。予算もギリギリだからありがたいよ。でも、わかってるだろ？　この映画がどういうものか」

テーブルの向こうに座っているのは、カミキヒカルだった。

黒ずくめの服を着て、穏やかな表情を浮かべている。

顔のひろい鏑木が、芸能界にいるヒカルを知らないわけがなかった。

それに、ずいぶん前に劇団ララライのワークショップで彼を見かけたことがある。アイを劇団に紹介したころだ。

ただ、彼がアクアたちの父親だとは、この企画を始めるまで思いもしなかった。

鏑木がたずねる。

「キミを真犯人〝少年A〟として表現している。この意味がわかるかい？」

「ええ、もちろん」

ヒカルは他人事のように答えると、満面の笑みを返した。

☆ ☆ ☆ ☆ ☆ ☆

ルビーはあれからずっと、かなのマンションに居候していた。

深夜にひとり、リビングで芝居の練習をするが、思うような演技ができない。

「《お母さんが私を迎えに来てくれなかったのは》……ちがう。《お母さんが》……」

うろうろと歩きながら、おなじセリフをトーンを変えて何度もくりかえす。どれも気に入らない。正解がわからなくなってくる。

「《お母さんが私を》……《お母さんが》！」

「汗すごいわよ」

はっとして振りかえると、タオルを首に巻いた、お風呂あがりのかなが立っていた。

「アンタ、ちゃんと休めてる？　ただでさえ撮影とライブのリハで大変なのに、毎日朝方まで練習して」

ルビーは「大丈夫」と言ってソファに座る。

「……これくらいのスケジュール、ママは子育てしながら、なんでもない顔でこなしてた。私もがんばらなきゃ」

かなは、やれやれとため息をつき、ルビーのとなりに腰かけた。

「あんまりがんばりすぎちゃダメよ。移動中は意地でも目をつむりなさい。それだけでもだいぶちがうから。元売れっ子子役からのアドバイスよ」

「ありがとう、先輩」

「じゃあ、明日からの撮影、よろしくね。おやすみ」

「おやすみなさい」

かなが寝室に入っていった後も、ルビーはおなじセリフを何度も何度もくりかえした。


翌日になり、撮影の本番を迎えても、まだ正解にたどりつけていなかった。

「《私はお母さんに捨てられたの》……」

撮影現場のすみでセリフを口にしているうちに、ルビーの脳裏によみがえってきたのは、さりなだったころの記憶だ。

家から遠く離れた病院でひとりぼっちだった。病状は悪くなる一方。心細くて胸が張り裂けそうなのに、母親はいっこうに会いに来てくれない。

さりなは看護師をつかまえて、問いつめた。

『なんでお母さんは会いに来てくれないの⁉』

見捨てられてしまったの？　病気の子だから、もういらないの？

つらい記憶を思いだしたルビーは、なんだか具合が悪くなってしまった。

呼吸がハァハァと浅くなり、ひたいに汗がにじむ。苦しくて倒れてしまいそうだ。

撮影待ちのかなは、お茶場に向かった。お茶場は、スタッフがお菓子や飲み物を用意してくれているスペースで、自由に出入りできる。入っていくと、アクアもそこにいた。

カップにドリンクを注ぎ、お菓子を物色しながら、アクアに話しかける。

「だいぶ追いこまれてるみたいよ」

さっき現場で見かけたルビーは、とても顔色が悪かった。それに、ゆうべも遅くまでひとりで芝居の稽古をしていた。体調をくずすんじゃないかと心配だ。

「ちゃんと面倒を見てやりなさい。兄貴なんだから」

「ルビーは俺のこと、もう家族だとは思ってないよ」

かなはくるりとアクアのほうを向き、はぁっと大きなため息をつく。

「何言ってんのよ。十月十日おんなじ腹ン中にいた仲でしょ？」

ちょうどその時だった。エントランスホールがにわかに騒がしくなる。「ルビーさん、大丈夫ですか？」といった声も聞こえてきた。

アクアとかなは、お茶場をとびだし、吹きぬけになっているホールの下をのぞいた。すると、階段でうずくまるルビーのまわりにスタッフたちが集まっているではないか。

ルビーは苦しそうにヒューヒューとのどを鳴らしている。

驚いたアクアは、とっさに階段をかけおりていった。

「ルビー！　おい、大丈夫か！　息できるか？」

過呼吸の症状だ。ルビーはスタッフたちに抱えられるようにして小部屋へつれていかれたのだった。


体調が戻るまで、ルビーは小部屋で少し休むことになった。ソファに横たわると呼吸が楽になり、とたんに眠気が襲ってくる。

しばらくうとうとして目を開ける。すると、少し離れた場所にアクアが座っていた。

「大丈夫か？」

アクアがペットボトルの水を持ってくる。起きあがったルビーは、それを手で払いのけた。まだアクアのことを許していなかったのだ。

「あんまり無理するな」

「……撮影、戻らなきゃ」

まだ撮影が始まったばかりなのに、主演の自分が倒れている場合じゃない。無理してでも戻らなくちゃいけない……。そう思ってソファから立ちあがった瞬間、ぐらりと足元がふらついた。

転びそうになったルビーを支えようと、アクアが手をのばす。

「触るな！」

ルビーはアクアの腕を振りはらった。

その拍子に、ルビーがずっと握りしめていたアイのキーホルダーが、床に落ちる。

「私はママを完璧に演じきらなきゃいけないの……。完璧に演じきって、ママとせんせの仇を取るの！　一生かけても見つけだして、絶対にこの手で復讐してやるんだから！」

「やめろ！」

ルビーをなだめるように、アクアが静かに語りかけてきた。

「復讐にとらわれて生きるなんて、自分を不幸にするだけだ……」

「うるさい！　アンタに指図される筋合いない！　私たちはたまたまおなじところに生まれ変わっただけで、もともとはなんの関係もない赤の他人なんだから！」

「頼むよ！　……さりなちゃん」

「…………!?」

ルビーは息をのんだ。

さりな……どうしてアクアがその名前を知っているのだろう。驚きのあまり、瞬きも忘れてアクアを見つめる。

「キミは……そんなことをするためにアイドルになったわけじゃないだろ？　あのせまい病室をとびだして、やっとアイドルになれたんだ」

どうしてアクアが、ゴローみたいなことを言うのだろう。

「復讐は俺にまかせて、キミは星野ルビーとして……アイドルとして生きてくれ」

「……なんで……私がさりなだって知ってるの？　病院のこと知ってるの？」

アクアはひざを折り、床に落ちたキーホルダーを拾いあげる。その目は涙にぬれていた。

「キミが持っててくれたんだな……」

やさしく微笑むアクアのすがたに、白衣を着たゴローのすがたが重なって見えた。

病院のろうかに落としたキーホルダーをゴローが拾い、病室に届けてくれたことがあった。

誰もお見舞いに来ない病室に、ゴローだけはいつも来てくれた。さりながアイのことを話すと、おもしろそうに聞いてくれた。

ゴローとおしゃべりする時間だけが、入院生活の楽しみだった——。

ルビーの大きな目が次第にうるんでいく。

「もしかして……せんせなの？」

アクアの目にも涙がうかんでいる。

「言っただろ？　〝アイドルになったら一生推す〟って」

そのやさしい口調は、さりなの大好きな〝ゴローせんせ〟そのものだ。

ルビーは大粒の涙を流しながら、アクアの胸にとびこんでいった。

アクアもルビーをしっかりと抱きとめる。

「ずっと、そばにいてくれたんだね」

ふたりはしばらくの間、時を超えて再会したさりなとゴローとなって抱きしめあった。

窓から差しこむ明るい光は、そんなふたりをやさしく照らすのだった。


映画の撮影が進んでいく一方で、『B小町』も新しいステージに入ろうとしていた。

その日のライブ会場には、いたるところに「有馬かな　卒業ライブ」というポスターが貼られていた。

会場は満員。

かなの卒業を惜しむファンたちが、一曲目から最高のボルテージでライブをもりあげた。中にはのっけから涙ぐんでいる人もいたくらいだ。

かなは、精一杯歌って、踊って、MCをした。

かなのメンバーカラー、白いペンライトが客席のあちこちで光っている。その光景をしっかりと目に焼きつけた。

セットリストは進んでいき、残すところあと一曲。

衣装は三人とも白のドレスだ。かなのベレー帽も、MEMちょのツノも白にした。

曲入り前のMCは、かなのお別れの言葉だった。ライトに照らされたステージの上で、かなはファンたちに語りかける。

「アイドルとしての有馬かなは、今日でお別れです。自分勝手な私で本当にごめんなさい」

静かな観客席から、時折「そんなことないぞ！」「かなちゃん！」と声援がとぶ。

「つらい時期もありました。でも……本当に楽しかった。だから、今は、今だけは、笑顔で見送ってください！」

ルビーとMEMちょがかなの肩を抱くと、客席から声援と拍手がわきあがる。

「次が最後の曲です！」

イントロが流れだすと、さらに大きな歓声が上がった。

アクアも、このライブを舞台袖で見守っていた。

かなをアイドルの世界に引きいれたのは、アクアだ。責任を感じたり心配したりしたけれど、かなの達成感に満ちた表情を見ていたら、心の底からよかったと思えた。

そして、何よりルビーが輝いていた。彼女は、今この瞬間も夢をかなえ続けている。

アクアは、ほっと安心して、会場を後にしたのだった。

ライブが終わり、三人は楽屋に戻った。

すぐに花束を持った関係者たちが大勢つめかけ、とたんに楽屋は騒々しくなった。かなの顔写真をプリントしたケーキも用意され、みんなでわっともりあがる。

そんな中、かながふと見ると、ルビーがテーブルにつっぷしてうたた寝をしている。そばにあるのは、使いこんだ映画の台本だ。

（あらあら……）

かなは自分の上着を持ってきて、そっとルビーの体にかけてあげた。

がんばってね、と思いながら。


撮影は大きなトラブルもなく続いていた。

今やルビーの台本は、書きこみだらけでボロボロになっている。これだけ台本を読みこんでセリフの練習をしたのに、まだどういう演技をしたらいいのかわからなかった。

この状態で、明日は問題のシーンを撮影することになる。ルビーの頭は混乱するばかりだ。

休憩時間にひとりでふらふらと歩いていると、あかねに声をかけられた。

「ルビーちゃん？」

「うん……」

「アイさんのシーン、どう演じるの？」

アイが最期を迎えるシーンのことだ。

「まだわからない……」

15年の時

そう答えることしかできなかった。

次の日、本番が始まるまでの時間、ルビーは一生懸命に考えた。別室で待機している間も、ひたすら台本を見つめ、くりかえしセリフを口にする。

「《こんなに、死にたくないと思う日が来るなんてなあ》……」

部屋の扉がノックされ、スタッフが声をかけた。

「ルビーさん、そろそろお願いします」

ルビーはアイのキーホルダーをつかみ、くるりと振りかえる。

「はい」

覚悟に満ちた顔でうなずき、ルビーは外に出ていった。

今日の撮影で使うのは、マンションの一室。ルビーは、子どものころに少しだけ住んでいた、あの豪華なマンションを思いだした。

現場のすみに置かれたモニターの前に、五反田とアクアがいる。ふたりを横目で見ながら、ルビーは舞台となるリビングに入り、意識を集中させた。

「本番！」

五反田が合図する。

「よ――い！　はい！」

ルビーが演じるアイは、インターフォンの音で振りかえり、玄関へと歩いていく。

ドアを開けると、そこに立っているのは、フードを深くかぶり、白いバラの花束を抱えたリョースケ役の俳優。

アイが驚く。

《ドーム公演おめでとう。ふたごは元気？》

リョースケはそう言って、アイに向かってくる。

花束が落ち、アイはお腹を押さえて後ずさる。水色のセーターが赤く染まった。

《痛っ、たあ……》

アイを演じているルビーは、お腹に激痛が走ったような気がした。まるで本当に刺されているみたいだ。きっと演じるうちに、アイの感じた痛みが再現されてしまったのだろう。

アクア役の少年が、泣きながらルビーのお腹の傷を押さえている。

モニターでそれを見ている本物のアクアは、今何を思っているだろう。きっとつらいにちがいない。

刺されたアイは、自分はもう助からないと悟った。

力を振りしぼり、血に染まった腕で、アクア少年を抱きよせる。

小さなルビーはドアの向こう側だ。ガラス越しにかわいらしいシルエットだけが見えている。

《アクア……》

ルビーは、アクア役の少年を見つめた。この子が愛おしくてたまらない。

《ルビー……》

ガラス製のドアに血まみれの手をあて、ルビー役の少女のぬくもりを感じた。生まれてきてくれてありがとう。

《愛してる……》

ルビーの目からぽろぽろと涙がこぼれだした。

アイを演じるルビーには、完全にアイがやどっていた。アクア少年を抱く腕に、だんだん力が入らなくなってくる。

まだまだ子どもたちと一緒にいたいのに。ふたりが成長していく未来を見ていたいのに――。

《こんなに、死にたくないと思う日が来るなんてなあ……》

アクアとルビーが生まれて、私の世界はキラキラと輝くようになった。

キミと私の間に生まれた、かけがえのない子どもたち。

ふたりと別れるのがとても悲しくて——誰かと別れるのがこんなにつらくなってしまったのは、キミのせいだよ。

私と出会ってくれてありがとう。

子どもたちに出会わせてくれて、ありがとう。

《全部、アイツのせいだ……》

アイは、おだやかに微笑みながら息絶えた。


撮影現場は、異様なほどに静まりかえっていた。

五反田もアクアも、カメラ、照明、マイク……あらゆるスタッフたちが、張りつめた表情でルビーの演技を見守っている。

全員が無言になるくらい、ルビーの演技には、ある種の意外性と迫力があった。

やがて五反田の声が、ひときわ大きく響きわたった。

「カット——！」

一気にみんなの緊張がとけた。時間が動きだし、現場は和やかな雰囲気に包まれた。

そんな中、アクアだけは、しばらく呆然としたまま、その場に立ちつくしていた。


撮影は夜まで続き、アクアとルビーは、ミヤコの運転する車で家路についた。

後部座席に乗るふたりは、まるで顔をそむけるように、それぞれ反対側の窓の外を眺める。

「どうしてあんな芝居したんだ」

アクアが聞くと、ルビーは静かに答えた。

「……ずっと考えてたの。ママはあの時、何を思ってたんだろうって」

自分の憎しみを表現するのではなく、アイの感情を演じたらどうだろう？

「そんなの、どれだけ考えたってわかるはずないんだけど……でもママならきっと〝許すにちがいない〟って思ったの」

それが、ルビーの出した結論。

「ママはきっと、アイツを救いたかったんだよ」

誰かに愛されたことも、誰かを愛したこともない同士、アイはヒカルに共感した。

だから、やっとつかまえた幸せを、ヒカルにも味わってほしかったのだろう。愛を知ってほしかったにちがいない。

「アイツのしたことは、決して許されることじゃない。すべてを明るみにして、断罪されるべきだと思う」

そう言うと、ルビーはやわらかい表情を浮かべた。

「でもママは、復讐なんてちっとも望んでないと思うんだ。ママの一番の願いは、私たちが自分自身の人生を歩むことなんじゃないかな」

だまってルビーの声を聞くうちに、アクアの心はゆらぎはじめた。

この先も復讐を胸に抱えたまま生きていくべきなのだろうか……？


映画の撮影はいよいよ終盤を迎えた。編集も完了すると、いよいよプロモーションが始まる。

街には映画『15年の嘘』のポスターが張りだされ、大型ビジョンやウェブサイトで十五秒の短い予告編が流れるようになった。

映画の情報が広がる一方で、問題も起きた。アクアへの誹謗中傷が届きはじめたのだ。

ミヤコが険しい顔つきでタブレットを見つめていると、壱護がやってくる。

「どうした？」

「アクアのアンチ。この一週間、朝から晩まで。殺害予告まがいのDMまで来てる」

タブレットには、アクアに対するひどい言葉がずらりと並んでいた。「アクア消えろアクア消えろ」と、まるで呪いをかけるような連投まである。

まるで誰かが、大衆に向けてアクアへの攻撃を仕向けているようでもあった。

ふたりの胸に、なんとも言えない気持ち悪さが残る。


アクアのインタビューは、そんな中で行われた。

それは、一般公開前のマスコミ向け試写会が行われている最中だった。試写会の控え室に、アクアと付き添いのミヤコが入っていくと、ある男が待っていた。

男とビデオカメラの正面に、ぽつんと椅子が置いてあり、アクアはそこに座る。

簡単な挨拶をかわした後、男はカメラをまわしはじめた。

ひりつくような気持ちを抑え、アクアは、淡々とインタビューに答えていく。

「演じることで誰かを喜ばせたいと思ったことは、一度もない。僕は僕のために演じるし、そこに何を感じるかは、観る人の自由」

レンズを見すえてきっぱりと言う。

「僕にとって演じることは、〝復讐〟だ」

するとその時、部屋のすみに立っていたミヤコが、スマートフォンを手にして恐縮しながら部屋を出ていく。電話の着信があったようだ。

インタビュアーの男は、ふたたび仕事に戻った。穏やかな笑みを浮かべ、アクアにたずねる。

「それは、僕への復讐？」

そう、彼は神木プロダクション代表取締役・カミキヒカル。

「…………」

アクアは無言のまま正面にいるヒカルをにらむが、ヒカルのほうは、やさしげな微笑みを絶やさない。

「映画、楽しませてもらったよ。いや本当に……自分の古いアルバムをめくってるような気分になった」

「描かれてることが真実だとみとめるんだな？」

「いや。僕はあそこまで気障じゃないよ」

ヒカルが苦笑いする。

「でもまあ、あの医者のことを描かれるとは思わなかったなあ。どうやって調べたの？」

「自分の身に起こったことだ。全部覚えてる」

ヒカルは不思議そうな顔をした。

当然だろう。アクアが産科医ゴローの生まれ変わりだということを知らないのだから。もちろん、言うつもりもない。

アクアは立ちあがり、ゆっくりとヒカルに近づいていった。

「映画が公開されれば、すぐに犯人さがしが始まる。アンタがつるしあげられるのも時間の問題だ。とっとと自首することをすすめる」

「うーん……。息子であるキミがそう言うなら、そうしたほうがいいのかもしれないね」

憎しみが爆発しそうなアクアとは逆に、ヒカルはずっとやわらかな物腰のままだ。

映画ではヒカルを演じたアクアだったが、この男が何を考えているのか、いまだに理解できなかった。

「映画が完成した今も、ひとつだけわからないことがある」

アクアがそう言うと、ヒカルは興味深そうな顔をしてアクアを見あげた。

「何？」

「どうしてアイを殺した」

アクアが鋭い目つきで見おろす。すると、ヒカルは悪びれることなく返した。

「殺したっていうか……殺されちゃったんだよね」

「全部おまえが仕組んだことだろ！　どうしてアイを殺したのか答えろ！」

怒りを必死で抑えるアクアを試すかのように、ヒカルは下からのぞきこんだ。

「でも、キミもいずれ人を殺すかもしれない」

そして、「あ、どうして殺したのか……」と首をひねる。

「……うーん……たぶん自分の〝命の重み〟を、感じたかったからじゃないかな。だってほら
――」

ヒカルは立ちあがり、さっきまでアクアが座っていた椅子に腰かける。カメラの前の椅子に。

やがて、まっすぐにカメラを見すえ、語りだした。

「僕はずっと演じつづけてきたから。まわりの大人たちが求める、そうあるべき僕を。それが

――」

言葉をさがしていたヒカルは、しぼりだすように言った。

「正しいことだったから」

ヒカルは瞳をうるませて顔をゆがめた。まるで泣くのをこらえているみたいに見える。

「でもアイは……自分もおなじだって言うんだけど……ちょっとちがうんだよね」

と、少し頬をゆるめ、首を横に振る。

「僕はいつだって、正しい嘘をついてきた。キミは嘘をついたことない？　キミが見てきたアイは、すべて本当だった？」

アクアは答えることができなかった。

ヒカルは寂しげに微笑み、自分を納得させるように「うん」とうなずいて立ちあがる。

「映画が公開されたら、警察に行ってみることにする」

そして、カメラと三脚を片づけ、アクアに笑いかけた。

「ありがとね」

静かに部屋から出ていくヒカルを、アクアは呆然と見つめた。

はたしてヒカルは本心を語ったのだろうか、それともただの演技だったのか……。

ひとりになった後も、アクアはしばらくぼんやりと、その場に立ちつくしていたのだった。

(俺は、復讐のためだけにこの世に生まれ変わった。アイを殺した犯人を見つけだし、この手で殺すこと——)

最初の手がかりを見つけたのは、アクアがまだ小さかったころ。アイの携帯電話の暗証番号を突破して、連絡先をのぞいた。

そこには鏑木勝也の名前があったが……結局、犯人ではなかった。

父親と思われる人物が吸ったタバコの吸い殻や、髪の毛などを手に入れて、何人分もDNA鑑定に出した。

劇団ララライの看板役者・姫川大輝もそのうちのひとりだ。亡くなった大輝の父親が真犯人のように思われたが、そうではなかった。大輝もアクアも、父親はカミキヒカルだったのだ。

この事実にたどりつくまで、長く時間がかかった……。

試写会が終わり家に帰ると、アクアは屋上に上がった。昨日とおなじ太陽が西の空を明るく照らしている。でもアクアの心は、昨日までとはすっかり変わってしまった。

アイが死んでから、アクアは執念の塊と化していた。

（それが自分に与えられた使命だと、信じて疑わなかった）

なのに。

（俺が追いつづけた男は、アイが別れを告げたその意味を理解できなかった、あわれな人間だった）

カミキヒカルは空っぽだ。

あんな人間のために、多くの月日をついやしてきたなんて。

（なあ、アイ……）

記憶の中のアイに話しかける。

アクアの中にいる幻のアイは、ステージ上でキラキラとまぶしく輝いていた。

あのすがたを思いだすと、今まさに観客席にいるような気分になってくる。大勢のファンと一緒に観客席からアイのパフォーマンスを観ているような、そんな気分に。

B小町の不動のセンター、完璧で究極のアイドル・アイ。

アイが歌い、踊るたびに、見る者はみんなとりこになってしまう――。

（俺は、どうして生まれ変わったんだ？　いったいなんのために……）

虚しさがこみあげてきて、アクアは力なくうなだれた。

すると、幻のアイが、ステージ上から叫んだ。

——アクア！

アクアは、はっと顔を上げ、息をのんだ。

まばゆい夕日の中に、アイがいる。

最後に着ていた水色のセーターを着て、アイが目の前に立っていた。

その瞬間、凍りついていたアクアの心が、ほろほろと溶けだした。体の力が抜け、がっくりとひざをつく。セーターすがたのアイは少しかがんで、アクアの頬をあたたかいてのひらで包んだ。

——愛してる。

いろんなアイが、「愛してる」と言っている。大きなお腹を抱えたアイが。分娩室でふたごを抱いたアイが。ビデオレターの中のアイが。最後の日のアイが。

——これだけは絶対に嘘じゃない。

ゴローとアクアが見てきたさまざまなアイが、今のアクアに語りかけてきた。

——なんにせよさ、元気に育ってください。母の願いとしては、それだけだよ！

今アクアは、長年とらわれつづけてきた黒い感情から、ようやく解放されたのだった。

アイは幸せだった。

ふたごの子どもを産んだアイは、つらい過去も乗りこえられるくらいの幸せをつかんだのだ。

そうして最後には、心の底から本当の「愛してる」を言えた。

アイはカミキヒカルを許していた。

復讐なんて、望んでいない。


頬を包んだアイの手にアクアが手を重ねると、幻のアイのすがたは消えてしまった。

ぬくもりだけが、まだ肌に残っている。

アクアはこらえきれずに泣きくずれた。

少しずつ暮れていく日の光の中で、いつまでもいつまでも泣きつづけたのだった。

終幕

映画『15年の嘘』は無事に公開にこぎつけた。

最初の上映――ワールドプレミアには、監督と出演俳優たちの舞台挨拶も行われる。

かな、あかね、ルビーはドレスアップして会場入りし、五反田とアクアも、今日はスタイリッシュなスーツすがただ。

五人で並び、カメラマンたちの撮影に応じた後、軽やかな足取りで控え室へ向かう。

「監督って、ちゃんとすればけっこうイケオジだったんだね～？」

ルビーがはしゃぐと、あかねが、ぱっと振りかえった。

「それ私も思った！」

「おまえら口をつつしめ。俺は常にイケオジだ」

五反田がおどけて自分を指さすものだから、ルビーとあかねは噴きだした。

すると、かながあかねにつっかかっていく。

「ていうかアンタ、その衣装、自分で選んだの？」

「そうだけど」

「三番手のくせに、目立とうとしすぎじゃない？」

あかねのロングワンピースは、青色をベースにした大胆なプリント柄。かなの服も負けないくらいの大胆なデザインだったが、こちらは赤がベース。スカートもパニエでふわふわにふくらませている。

「かなちゃんこそ、いいかげんかわいい売りやめたら？」

「はぁぁ!?」

「はぁぁ!?」

にらみあう、あかねとかな。

ふたりの戦いは、今に始まったことではなかった。子役のころからの因縁だ。だからと言って、仲が悪いわけじゃない。ふたりとも超がつくほどの負けず嫌いなだけで、いい意味でのライバルだった。

ガンをとばしあうふたりの横で、ルビーはそわそわして落ち着かない。

「は――……緊張してきた……」

「とか言って、アンタさっき弁当ふたつも食ってたじゃない」

かながツッコむと、あかねはルビーの背中を見て驚く。

「はっ！　ルビーちゃん、背中、ごはん粒ついてるよ⁉」

「うそ！」

ルビーは、自分の背中を見ようと、右へ左へと首をまわす。

大騒ぎしている三人の横で、五反田は苦虫をかみつぶしたような顔をした。

「おまえ、どんな弁当の喰い方してんだよ……」

みんなの後ろをゆっくりと歩くアクアは、そんな様子を微笑ましく眺めていた。

カミキヒカル本人と対面し、アイの幻と決別して以来、アクアの頭の中はすっきりとしていた。

アクアの前を歩いていたあかねが、くるりと振りかえる。

「ねえアクアくん、いつか私のために脚本書いてよ」

「気が向いたらな」

すると、かなが負けじと割って入った。

「そんなことより、私と芝居で勝負しなさいよ」

「そのうちな」

背中のごはん粒が取れたルビーは、まだ緊張しているようだった。

「ああ緊張してきたああ……」

と、つんのめりそうになりながら歩いている。

女性チームは、「それじゃね」「後でねー」などと口々に言いながら、それぞれの控え室に入っていった。ろうかに残された男ふたりは、顔を見あわせると、思わず笑いあう。

「なんだか憑き物が取れたような顔してるな」

長年アクアの面倒を見てきた五反田には、お見通しのようだ。アクアは晴れ晴れとした気持ちで微笑んだ。

「憑き物が取れたんだよ」

「そうか」

「ようやく、覚悟ができた」

アイの願いは、復讐ではなく、子どもたちが元気に育っていくことだ。

ルビーは一足早く、それを実現しようとしていた。星野ルビーとしての人生を歩もうとしている。

さりなだったころは、ただ憧れることしかできなかったアイドルになり、ついに幸せをつかみとったのだった。

アクアもおなじだ。産科医のゴローではなく、星野アクアとして生きていく。

それがアイの願いなのだから。

「これからは、もう一度自分の人生を生きることにするよ」

すがすがしい気分だった。

五反田が微笑む。

「いいんじゃねーの？」

そう言うと、五反田はひょいと片手を上げて挨拶して、自分の控え室に入っていった。

アクアの控え室は一番奥だ。ドアを開けると、テーブルの上に花束が用意されている。

白いバラでつくった、大きな花束だ。

「…………？」

アクアの顔がこわばった。

誰が用意したのだろう。白いバラの花束は、アクアたちにとって不吉の象徴だというのに。

テーブルに近づき、花束にそえられていたメッセージカードを手に取る。

それを読んだ瞬間、アクアの背筋は凍りついた。

彼女が最も愛したキミたちへ

カードにはそう書いてあったのだ。

登壇の時間が近づき、アクアたちはスタッフに案内されて舞台袖に集まった。

「さて、この後に、ゲストのみなさんが登場されますが、始まる前にいくつかお願いがあります――」

司会者の声が聞こえてきた。観客席は満員のようだ。熱気がここにまで伝わってくる。

アクアはさっきの花束とカードが気になっていた。あのメッセージ……贈り主はあの男しかい

彼女が最も愛したキミたちへ

ない。

どういうつもりで？

いやな予感はおさまらず、ルビーに声をかけた。

「……なあ、ルビー」

「ん？　どうしたの、お兄ちゃん」

もしもの時のために、何かルビーに伝えておくべきことがあるだろうか。

考えてみたが、ルビーの無邪気な顔を見ているうちに、何も言えなくなってしまった。

「なんだよ。今さら緊張してんのか？」

五反田にそう聞かれ、アクアはうつむく。

「……いや」

ちょうどその時、会場に音楽が流れはじめ、司会者の華やいだ声が響いた。

「それではお待たせしました。みなさま、盛大な拍手でお迎えください！」

客席から拍手がわきおこり、打ち合わせどおり、かなを先頭にしてあかね、ルビー、アクア、五反田の順にステージへと出ていく。

「映画『15年の嘘』、監督、キャストのみなさんです！」

ステージに並んだ五人が客席にむかって一礼すると、拍手はますます大きくなった。

「まず初めに、今作品の企画、共同脚本、そして出演と大活躍の星野アクアさん、一言お願いします」

司会者がそう言うと、舞台袖から現れたスタッフがマイクを手渡す。

アクアはそれを受け取って顔を上げ、観客席を見渡した。

「星野アクアです。本日はお集まりいただきありがとうございます――」

しかしその時だった。

突然、火災を知らせるベルと警報音が会場に鳴りひびいた。客席がざわつき、司会者が「今確認しますので少々お待ちください」とアナウンスする。

すると、どこからか「キャーッ！」と悲鳴が上がった。舞台のすぐ目の前だ。見れば、白い煙が上がっているではないか。その周辺の人々が立ちあがり、悲鳴や叫び声がふえていく。

煙は瞬く間に広がり、ステージのほうへ押しよせてきた。アクアたちは咳きこみ、あわてて口を押さえる。

「みなさん、落ち着いてください！」

司会者が必死にしずめようとしたが、会場内はすでにパニック状態だった。

たちこめる煙の中、人々は次から次へと立ちあがり、会場スタッフがとめるのを振りきってドアのほうへとかけだす。

「みなさん、危ないので走らないでください！」

しかし騒ぎはいっこうにおさまらないまま、今度は場内が真っ暗になった。停電だろうか、照明が落ちたのだ。すぐに赤い非常灯がつき、会場全体が炎に染まったような色になる。

腕で口を覆っていたアクアは、ふいに誰かの気配を感じて振りかえった。

目の前に知らない女がいた。いや、この顔はどこかで見たことが……。

女はまっすぐにアクアに近づくと、正面から体あたりしてきた。

「っ……！」

アクアがその場にしゃがみこんだ瞬間、消えていた照明がパッとついた。五反田がみんなに「大丈夫か？」と声をかけている。

アクアは脇腹を押さえ、ふらふらと立ちあがった。ところが――ルビーがいない。他のみんなはステージにいるのに、ルビーのすがただけが見えないのだ。

「ルビーは⁉」

あかねとかながあたりを見まわす。やはりどこにもいない。

「クソッ……！」

アクアはその場をとびだしていった。

「おい!!」

五反田が呼びとめる声が聞こえたが、アクアは振りかえらずに走った。

アクアが走り去った後、かなは床に落ちているものを見て、思わず叫び声を上げた。

「きゃあっ！」

五反田とあかねが驚いて振りかえり、かなの視線の先を追う。

そこに落ちていたのは、血のついたナイフだった。


アクアは脇腹の傷をしっかり押さえ、地下駐車場におりていった。出血がとまらない。

さっき目の前に現れた女が、アクアの脇腹をナイフで刺したのだ。

一瞬見えた彼女の顔は、昔のB小町のメンバーによく似ていた。アイと同時期に在籍していた、あるメンバーの面影があった。

おそらくカミキヒカルに操られているのだろう。リョースケのように。最近SNSに投稿されていたアクアへの誹謗中傷も、ヒカルにマインドコントロールされた人たちが送ってきたのだ。

しばらく歩いたところで、白い車がとびだしてきて、出口のほうへ走っていくのが見えた。

その直後、ポケットに入れていたスマートフォンが鳴る。取りだして画面を見たが、知らない番号からのショートメッセージだ。URLだけがぽつりと書いてある。

タップすると、この付近にある埠頭の地図が出てきた。ここへ来いと言っているのだろう。ルビーもそこにつれていかれるはずだ。

アクアの胸に怒りがこみあげてくる。

ギリッと奥歯をかみ、アクアはまた歩きだした。


そのころ、ヒカルはルビーを助手席に乗せ、車を走らせていた。

ルビーは薬で眠らせてある。

到着した埠頭のビルは、修繕中で足場が組まれていた。ヒカルは自分の娘、ルビーを抱えてエレベーターで屋上に向かう。

屋上は、たたまれたシートや鉄パイプで散らかっていたが、港の夜景を一望できる絶好の場所だ。ぐったりしているルビーをシートの上に横たえ、両手首を縛りあげる。

彼はもうすぐここにやってくるだろう――。

アクアはふらつく足で非常階段をのぼっていった。ここまで来る間にかなり出血してしまい、シャツもズボンも血で染まっている。

塔屋のドアを開けると、夜景を見おろすヒカルの後ろすがたが視界にとびこんできた。

その音に気づいたのか、ヒカルがゆっくりと振りかえり、

「やあ」

と、ナイフを持った手を上げて微笑む。

ルビーのすがたも見えた。彼から少し離れた場所にぐったりと横たわっている。

「ルビー！」

アクアが走りだしたが、すぐに鉄パイプにつまずいて転んでしまった。ヒカルは「いや、ちがうちがう」と気の抜けた口調で言い、ゆっくりルビーに近づいていった。

「ちょっと寝てるだけだから」

「……いったい、何が目的なんだ！」

ヒカルはルビーの横にしゃがみ、頬にナイフを突きつける。

「〝価値のある人間の人生を食う〟ことでしか、生きてる実感が得られないのかも」

そして顔を上げると、首をかしげる。

「いや、単純に〝すべてが台無しになる瞬間〟が見たいだけなのかも。うーん……」

ヒカルは立ちあがると、子どものような無邪気さで言った。

「正直、自分でもよくわかっちゃいないんだ」

そんなよくわからないもののために、ゴローを殺し、アイを殺し、ルビーを誘拐したというのだろうか？

やっぱりコイツは許せない――。

アクアはヒカルに向かっていき、つかみかかろうとする。しかし出血のせいで体にうまく力が入らない。ヒカルに軽くかわされ、ドサッとその場に倒れてしまった。

「……ルビーには手を出すな……殺すなら俺を殺せ！」

「あー……キミは僕が直接手を下すまでもないよ」

ヒカルが、異常なほど早口でそう言いながら近づいてきた。

「目の前で、最愛の母と最愛の妹が殺された、キミは何もすることができずただ見ていることしかできなかった、ふたりを救えなかったんだ」

必死に立ちあがろうとするアクアに、ヒカルは笑いかける。

「そんな罪悪感と絶望を抱いてさ、え？　キミは生きていけるの？」

「……ルビーもアイも……本当にお人よしだな……」

アクアはそうつぶやきながら、なけなしの力を振りしぼって、ふらふらと立ちあがった。

アイを演じるために悩んで、考えて、最後には父親を許そうとした。

「……ルビーは……おまえを許そうとした……」

自身の運命に苦しんでいたヒカルに、アイは手を差しのべた。

「アイは……おまえを救おうとしていた……」

「こんななんの価値もない人間を……！」

アクアは悔しくてしかたがなかった。涙がこぼれそうになる。

するとヒカルは、ゆっくりとアクアのほうへ歩いてきた。

そして、何かを差しだす。

ナイフだ。

「じゃあ殺す？　こんな、なんの価値もない人間だけど」

そのナイフをアクアは奪いとり、ヒカルののど元に突きつけた。ヒカルはあわてる様子もなく、おもしろそうに笑っている。

「キミは殺人犯になって、人生台無し。彼女は殺人犯の妹になって、人生台無し。なあ、これ何のために生まれてきたんだろうな？」

怒りと憎しみが燃えあがる。

目の前の男ののどをかききってしまえば、復讐は終わるのだ。

「あっははは」

ヒカルは、まるで自分の命を差しだすように、首をナイフに近づけてきた。

「全部、僕のせいだ」

その瞬間、アクアは気づいたのだった。

これはヒカルの策略。最悪のシナリオへと導くために、アクアを操ろうとしているのではないか……？

思いどおりにさせるものか。

「……ちがう。ようやく夢をかなえたアイツを、そんな目にあわせるつもりはない」

自分は殺人犯にならないし、ルビーを殺人犯の妹にはしない。

やっと夢をかなえたルビーを——絶対に守る——。

アクアは、ナイフを持つ手を開き、下に落とした。

「これは事故だ」

そして、ヒカルの体もろともビルの屋上からとびおりた。


ここはどこだろう……海の中だろうか。

冷たい水の中に体がどんどん沈んでいく。

小さな白い泡粒が、体にまとわりついては、しゅわしゅわと上へのぼっていく。

(俺は、復讐のためだけに生まれ変わった。それが終われば思いのこすことなどないと、ずっと信じていた。なのに——)

うすれていく意識の中に現れるのは、楽しかった日々だ。

高千穂の病院。

アイについて熱く語る、さりなのすがた。

診察に現れたアイと壱護の、おかしなやりとり。

ふたごのルビーも生まれ変わりと知った時の衝撃。

面倒くさそうにアクアたちの世話をするミヤコの顔。

ステージでまぶしく輝くアイドルのアイと、家でだらだらとくつろぐ星野アイ。

かな、あかね、MEMちょ、五反田監督、鏑木プロデューサー……かけがえのない時間をくれた人たちの笑顔が、アクアをやさしく包んだ。

(こんなに〝死にたくない〟と思う日が来るなんてな……)

水の中で手をのばすと、その先にはヒカルの冷たい腕があった。

アクアは父親の手首をそっとつかんで自分のほうへ引きよせ、そして静かに沈んでいった。


昨日とおなじ太陽が、今日もまた昇る。

埠頭のビルの屋上では、朝日の中、ルビーの意識が戻りはじめていた。うっすらと目を開け、

あたりを見まわす。

頭がずきずきする。

自分がどこにいるのか、なぜここにいるのか、ルビーにはわからなかった。

するとその時、壱護の取り乱した声が聞こえてきた。

「ルビー！」

声のするほうを向くと、塔屋のドアから壱護がとびだしてくるところだった。彼はルビーのところまで走ってくると、手首の縄をとく。

「もう大丈夫だからな」

ルビーの頭はまだぼうっとしていた。

ずっとアクアの声がしていたような気がするのに、今はすがたが見あたらない。どこに行ってしまったのだろう。

「ねえ……アクアは……？」

手すりの向こうに、海が見えた。

海は波もなく静かで、まばゆい朝日を受けキラキラと輝いていた。

物語は、こうして終わりを迎える。


まるで神隠しにあったかのように、死体は上がらなかった。

現場の状況から、俺とカミキは転落死と判断された。


でも、俺には見える。

かけがえのないみんなのすがたが——。


俺たちがすがたを消した埠頭に、監督とあかね、有馬、メムが小さなブーケを持ってやってきた。

四人とも黒い服に身を包んでいる。

みんなが次々とブーケを海に投げいれ、その後、有馬は大きな声を上げて泣きくずれた。

悲痛な様子を見かねたメムが、有馬にそっとよりそう。あかねはしゃがんで有馬の肩を抱き、ともに涙を浮かべている。

監督はいたたまれない表情を浮かべ、どこか遠くを見ながらタバコを吸っている。

なつかしい斉藤家のリビングには、俺の遺影がくわわった。

斉藤夫妻は、毎日遺影に手を合わせてくれる。

壱護さんは時折、寂しそうにウイスキーをあおることもあった。

ルビーはというと、うす暗い部屋にこもり、よくひとりで泣いている――。

世間ではさまざまな憶測がとびかった。

でもそんなこと、人々はすぐに忘れる。

だからミヤコさん、壱護さん。

ルビーのことをよろしく頼むよ。

しばらくはふさぎこむだろうけど、アイツはここでつぶれるようなヤツじゃない。

いずれにせよ、日常は必ず戻ってくる。

メムは自分のユーチューブチャンネルで、嬉しそうに、ある電撃発表をしている。
結婚が決まったらしい。コメントは祝福であふれている。

あかねは、今や期待の若手実力派舞台女優。
古典劇はもちろん、いろいろなジャンルの演劇で幅広く活躍している。

一方の有馬は映画やドラマでひっぱりだこ。
五反田監督の映画にも主演し、最近クランクアップしたようだ。
ふたりは、口にこそ出さないものの、お互いに認めあい、高めあう仲。
芸能界でのライバル関係は、この先も続きそうだ。

人は、どれほどの不幸や、どれだけの悲しみに打ちひしがれようと、何度でも砂をつかんで立ちあがることができる。

針の先ほどの希望があれば、人はなんとか生きていけるものだ。

どうかその小さな希望を失わず、良き人生を歩んでほしい。


そして今日、ルビーは夢をかなえる。

アイのキーホルダーを握りしめたルビーは、今まさに家を出ていくところだ。

玄関には、アイの写真と、それから俺の写真。

「行ってくるね！　ママ！　お兄ちゃん！」

そう言うと、はじけるような笑顔で投げキッスをする。


観客席でルビーを待つ大勢のファン。

割れんばかりの声援と手拍子。

会場をうめつくす赤いペンライト。

舞台袖から、まばゆいオーラを放ちながら、東京ドームのステージにとびだしていく――。


だからルビー。

生まれ変わりになど期待せず、今を生きろ。

俺は、きみを推しつづける。

おわり

この本は映画『【推しの子】-The Final Act-』（二〇二四年十二月公開／スミス監督／北川亜矢子脚本）をもとにノベライズしたものです。また、映画『【推しの子】-The Final Act-』はヤングジャンプコミックス『【推しの子】』（赤坂アカ×横槍メンゴ／集英社）を原作として映画化されました。

集英社みらい文庫

【推し(お)の子(こ)】-The Final Act-(ザ ファイナル アクト)
映画(えいが)ノベライズ　みらい文庫版(ぶんこばん)

赤坂(あかさか)アカ×横槍(よこやり)メンゴ　原作
はのまきみ　著　北川亜矢子(きたがわあやこ)　脚本

ファンレターのあて先
〒101-8050　東京都千代田区一ツ橋2-5-10　集英社みらい文庫編集部
いただいたお便りは編集部から先生におわたしいたします。

2024年12月25日　第1刷発行

発行者	今井孝昭
発行所	株式会社 集英社 〒101-8050　東京都千代田区一ツ橋2-5-10 電話　編集部 03-3230-6246 読者係 03-3230-6080 販売部 03-3230-6393(書店専用) https://miraibunko.jp
装丁	巻渕美紅＋安永麗奈(POCKET)　中島由佳理
印刷	大日本印刷株式会社　TOPPAN株式会社
製本	大日本印刷株式会社

★この作品はフィクションです。実在の人物・団体・事件などにはいっさい関係ありません。
ISBN978-4-08-321886-6　C8293　N.D.C.913　186P　18cm

集英社みらい文庫

【推しの子】まんがノベライズ

イラスト多数!　総ふりがな付き!

【推しの子】まんがノベライズ
アクアとルビー、運命のはじまり

カラー口絵4P付き!

●定価990円(税込み)

推しのアイドル、B小町・アイの子に転生したふたごのアクアとルビー。ふたりの運命が動きだす—!!

第2弾

【推しの子】まんがノベライズ
芸能界のリアル&新生『B小町』結成!

●定価880円(税込み)

アクアは恋愛リアリティショーへ出演、ルビーは新生『B小町』としてアイドル活動をスタートして…!?

第3弾 2025年 3月21日〔金〕発売予定

【推しの子】映画ノベライズ

【推しの子】-The Final Act-
映画ノベライズ　みらい文庫版

原作：赤坂アカ×横槍メンゴ
著：はのまきみ　脚本：北川亜矢子

アクアはアイの事件の復讐のため、映画『15年の嘘』の制作に着手。ルビーは映画の主役・アイを演じることに!?

●定価803円(税込み)

お万の方物語

家康から十五代続いた
徳川将軍の本拠地・江戸城。
その奥には将軍の妻たちが暮らす
絢爛豪華な「大奥」があった。

大人気
『戦国姫』の
藤咲あゆな先生
&
マルイノ先生
がおくる！

将軍を支え「大奥」に生きた女たちの物語――！

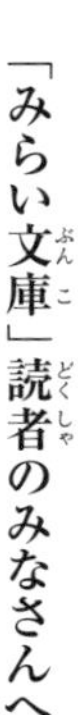

「みらい文庫」読者のみなさんへ

言葉を学ぶ、感性を磨く、創造力を育む……、読書は「人間力」を高めるために欠かせません。

たった一枚のページをめくる向こう側に、未知の世界、ドキドキのみらいが無限に広がっている。

これこそが「本」だけが持っているパワーです。

学校の朝の読書に、休み時間に、放課後に……。いつでも、どこでも、すぐに続きを読みたくなるような、魅力に溢れる本をたくさん揃えていきたい。読書がくれる、心がきらきらしたり胸がきゅんとする瞬間を体験してほしい、楽しんでほしい。みらいの日本、そして世界を担うみなさんが、やがて大人になった時、「読書の魅力を初めて知った本」「自分のおこづかいで初めて買った一冊」と思い出してくれるような作品を一所懸命、大切に創っていきたい。

そんないっぱいの想いを込めながら、作家の先生方と一緒に、私たちは素敵な本作りを続けていきます。「みらい文庫」は、無限の宇宙に浮かぶ星のように、夢をたたえ輝きながら、次々と新しく生まれ続けます。

本を持つ、その手の中に、ドキドキするみらい――。

本の宇宙から、自分だけの健やかな空想力を育て、〝みらいの星〟をたくさん見つけてください。

そして、大切なこと、大切な人をきちんと守る、強くて、やさしい大人になってくれることを心から願っています。

2011年　春

集英社みらい文庫編集部